14,95

D0996458

VRIENDSCHAP VOLGENS BERTJE

Betty G. Birney

Vriendschap volgens Bertje

facet

Antwerpen

2006

Voor mijn man, Frank, die in Brazilië is geweest, die de
hoofdsteden van alle landen kent en die een bezem op één
vinger kan balanceren.

CIP GEGEVENS KONINKLIJKE BIBLIOTHEEK - DEN HAAG
C.I.P. KONINKLIJKE BIBLIOTHEEK ALBERT I

Birney, Betty G.

Vriendschap volgens Bertje / Betty G. Birney [vertaald uit het Engels
door Han van der Vegt] – Antwerpen: Facet, 2006
Oorspronkelijke titel: Friendship according to Humphrey
Oorspronkelijke uitgave: G.P. Putnam's Sons, a division of Penguin Young
Readers Group, New York
ISBN 90 5016 477 3
Trefw.: Hamsters, kikkers, school, gezin en familie
NUR 282

Wettelijk depot D/2006/4587/3
Omslagontwerp: Benjamin Demeyere
Copyright © 2005 by Betty G. Birney
Copyright © Nederlandse vertaling: Facet nv

Eerste druk februari 2006

Rikker de kikker

BONK BONK BONK!

Na een lange wintervakantie waren juf Delft en ik op weg naar de Boerhaaveschool. Maar er zaten meer gaten in de weg sinds de laatste keer dat ik met haar kleine blauwe stationcar was meegereden.

'Nou, Bertje,' zei juf Delft. Ze werd onderbroken door nog een BONK. 'Niet schrikken straks.' BONK! 'Er zijn een paar dingen veranderd.' BONK! 'In lokaal zesentwintig.' BONK!

Mijn maag begon op te spelen. Ik hield me stevig aan mijn laddertje vast, zodat ik moeite had te volgen wat ze me probeerde te vertellen. Wat bedoelde ze met 'veranderd'?

'Terwijl jij bij Dirk thuisbleef.' BONK! 'Ben ik naar school geweest om alles te regelen.'

Ik was tijdens de vakantie heel veel bij haar man Dirk thuis geweest, en hoe aardig hij ook is, ik was doodop van al dat geren door doolhoven, een paar keer per dag. Meneer Delft keek dolgraag toe hoe ik door doolhoven rende. Op school zou ik tenminste zo af en toe een dutje kunnen doen. En omdat ik de klassenhamster ben, hoor ik in het klaslokaal.

Mijn maag werd wat rustiger toen juf Delft haar auto op de parkeerplaats zette.

'En hoe zit het nou met die veranderingen?' vroeg ik, maar zoals gewoonlijk kwam er alleen maar 'Piep-piep-piep', uit mijn mond.

'Het is goed om de boel zo af en toe eens op te schudden, Bertje,' zei juf Delft terwijl ze het portier van de auto opendeed. 'Je zult het zien.'

Ik was al opgeschud genoeg van die hobbelrit. Toen moest ik rillen van een vlaag ijzige wind en ik kon niets zien, want juf Delft had een wollen sjaal over mijn kooi gegooid. Dat vond ik niet erg, zolang ik maar terug naar mijn lokaal ging, waar ik al mijn vriendjes zou terugzien. Alleen al als ik aan hen dacht kreeg ik een warm gevoel. Of misschien kwam dat van de hitte van de schoolverwarming, want we liepen de school nu binnen.

'Hallo, Suzanne! Ik kom straks even bij je langs, hè?' riep een bekende stem. Ik kon Juf Bryssinckx niet zien, maar ik herkende haar stem. Juf Bryssinckx gaf les in het lokaal iets verder in de gang. Ze was een vriendin van juf Delft.

'Natuurlijk, Anne. Na de pauze?'

'Tot dan,' zei juf Bryssinckx.

Ten slotte zette juf Delft mijn kooi neer in lokaal 26 en trok de sjaal weg. Toen ze dat deed schrok ik nogal. Wat er met mijn lokaal was gebeurd was niet te piepen. Om te beginnen stonden de banken in de foute richting. Vroeger stonden ze naar de voorkant van het lokaal. Nu stonden ze naar de zijkant.

In plaats van in nette rijen, zoals eerst, waren de banken bij elkaar in groepjes gezet. Het bureau van juf Delft stond in een hoek van het lokaal. Foto's van mensen die ik nog nooit had gezien hingen op het mededelingenbord, dat in december nog vol had gehangen met blije sneeuwpoppen.

Ik was zo duizelig van die veranderingen dat ik niet merkte dat het lokaal volliep, tot Kan-Het-Wat-Zachter-Tom 'Hallo, Bertje!' riep toen hij uit de vestiaire kwam.

Al snel kwamen mijn andere vriendjes ook hallo zeggen.

'Heb je een fijne vakantie gehad?' vroeg Miranda Goud. Miranda is een vrijwel volmaakt mens. Daarom noem ik haar bij mezelf altijd Goud-Miranda.

'Mijn moeder doet je de groeten,' zei Ik-Versta-Er-Geen-Woord-Van-Aysel met haar lieve, zachte stem.

'Ha, Bertje het Erwtje,' schreeuwde Walter. Daar moest Nanda om giechelen, maar dat vond ik niet erg. Nanda moet om alles giechelen.

Op dat moment ging de bel. 'Jongens, zoek jullie eigen naam op en ga daar zitten,' zei juf Delft.

Er werd een hoop gebonkt en gestommeld voordat mijn klasgenootjes hun plaatsen hadden gevonden. Nu had ik beter zicht op een paar leerlingen die eerst aan de andere kant van het lokaal hadden gezeten, zoals Niet-Klagen-Sara-Haag, Stilzitten-Steven-Stam en Dat-Heb-Ik-Gehoord-Mark Chang. Misschien is het goed om de boel zo af en toe eens op te schudden.

Toen viel me iets vreemds op. Er zat een nieuw meisje in lokaal 26, bij Aysel, Nanda en Mark.

'Juf Delft, die hoort hier niet thuis!' piepte ik hard. 'Die zit in het verkeerde lokaal!'

Misschien hoorde juf Delft me niet.

'Jongens, zoals jullie kunnen zien hebben we dit jaar een paar dingen veranderd. En één van die veranderingen is onze gloednieuwe leerling,' kondigde de juf aan. 'Kom eens hier, Tabitha.'

Het nieuwe meisje leek BANG-BANG-BANG toen ze opstond en naar juf Delft liep. 'Dit is Tabitha Meesters en ik wil dat jullie haar allemaal verwelkomen. Tabitha, wil je ons niet wat over jezelf vertellen?' Het nieuwe meisje sloeg de ogen neer en schudde haar hoofd. Juf Delft richtte zich weer tot de klas. 'Dat doen we later wel. Wie van jullie wil het op zich nemen om Tabitha vandaag de weg te wijzen?'

'Ik!' riep een stem. Dat was natuurlijk Vinger-Omhoog-Vera ter Muren, die altijd vergat om haar vinger op te steken.

'Vinger omhoog graag, Vera. Ik geloof dat Sara haar vinger het eerst opstak. Sara, help jij Tabitha vandaag? Ik wil dat jullie je allemaal aan Tabitha voorstellen en haar betrekken bij wat jullie doen.' Ze wendde zich tot het meisje. 'Ik weet zeker dat je een hoop vrienden zult krijgen in lokaal 26. Je kunt nu gaan zitten.'

Terwijl ze terugliep naar haar stoel hield ze haar blik strak op de vloer gericht. Ze zag eruit alsof ze een vriend nodig had. Ik had het zo druk met naar haar te kijken dat ik met maar een half oor luisterde naar wat juf Delft zei. Had ze het werkelijk over 'verse eieren'?

'Tenslotte heeft de beroemde dichter Van Broekhoven nog op deze school gezeten, en die heeft ook prachtige verzen geschreven.'

Verzen schrijven! Dat had gelukkig niets te maken met kippen en kalkoenen. Wat een opluchting! Ik moet toegeven dat ik al sinds mijn jeugd in het Dierenparadijs een beetje bang ben van dieren die eieren leggen. Ik heb nog altijd nachtmerries van een grote groene parkiet die daar was ontsnapt en die tegen mijn kooi opvloog, al krijsend 'Lekker, lekker! Etenstijd! Krjiep!' Hij bleef maar doorkrijsen, zelfs toen Willem, de winkelbediende, hem wegdroeg.

Die nare herinnering werd onderbroken toen iemand zei: 'Ik kan rijmen en dichten zonder mijn hemd op te lichten.'

'Dat-Heb-Ik-Gehoord-Mark,' zei juf Delft. 'Nou, zoals ik al zei, een groot deel van dit seizoen zullen we bezig zijn met het lezen en schrijven van poëzie.'

Er werd luid gekreund. Ik denk dat de kinderen bang waren van poëzie, zelfs zonder eierschaal.

Steven Stam zat te draaien op zijn stoel en deed net of hij met zijn hoofd op zijn bank bonkte. 'Poëzie,' kreunde hij.

'Stilzitten-Steven,' zei juf Delft.

Stilzitten vond Steven niet makkelijk. Nu hij bijna recht voor me zat, kon ik hem de hele tijd zien draaien en schuiven op zijn stoel, en Nanda Morgenrood moest daar om lachen.

'Niet-Giechelen-Nanda!' waarschuwde juf Delft.

Nanda hield op met giechelen en kreeg prompt de hik.

'Ga alsjeblieft een slokje water drinken,' zei juf Delft tegen haar. Ze richtte zich tot het nieuwe meisje: 'Tabitha, leg alsjeblieft dat stuk speelgoed weg.'

Iedereen keek naar Tabitha, ik ook. Ze had een verfomfaaide speelgoedbeer in haar armen. Het katoen kwam uit zijn grauwe oren en hij had een vaalgewassen blauwe overall aan die een knoop miste. Zelfs zijn glimlach was versleten.

'Nu, graag,' zei juf Delft.

Het was gelukkig heel stil in het lokaal. Ik ben bang dat als Nanda er nog was geweest, we lachsalvo's en een hoop gehik hadden gehoord!

Tabitha stopte de oude beer weer in haar bank, zonder een woord te zeggen.

Op dat moment kwam het schoolhoofd, meneer Elstak, binnenlopen.

'Sorry voor de onderbreking, juf Delft. Ik wil graag iedereen persoonlijk welkom terug op school wensen!'

Het schoolhoofd zag er piekfijn uit. Hij droeg een das met allemaal potloden erop. Hij droeg altijd een das, omdat hij de Belangrijkste Persoon op de Boerhaaveschool was.

'Dank u, meneer Elstak,' zei juf Delft. 'We hebben een nieuwe leerlinge, Tabitha Meesters, en een nieuwe opstelling van de banken, zoals u ziet.'

'Welkom, Tabitha,' zei het schoolhoofd. 'Ik weet zeker dat je het in lokaal 26 naar je zin zult hebben. Ik ben blij dat onze vriend Bertje ook weer terug is.'

Hij liep de hele klas door naar mijn kooi.

'IK BEN BLIJ DAT IK U ZIE!' piepte ik, zo luid mogelijk.

'Ha, vriendje van me,' begroette hij me. Hij draaide

zich om naar de rest van de klas. 'Jullie kunnen veel van Bertje leren. En ik wens jullie een heel prettig seizoen.'

Nadat hij weg was, keek ik weer naar Tabitha. Ze keek strak naar beneden. Ik kon haar gezicht niet goed zien, maar het was bijna net zo rood als haar koperkleurige haar. Ik geloof dat ik vrij lang naar haar heb zitten kijken, want ineens ging de bel voor de pauze.

'Kom, Tabitha, we gaan onze jassen pakken,' zei Sara. Tabitha stak de speelgoedbeer in haar zak en liep achter Sara aan naar de vestiaire.

Zodra de leerlingen weg waren, kwam juf Bryssinckx binnen. Ze had rode wangen en haar krullen stuiterden alle kanten op.

'Ben je er klaar voor? Zullen we het doen?' vroeg ze opgewonden aan juf Delft.

'Waarom niet?' zei mijn juf. 'Ik maak wel plaats voor hem.'

Ze liepen naar de tafel voor het raam, waar mijn kooi staat.

'Kijk, hier kan hij prachtig staan,' zei juf Bryssinckx, en ze wees naar een plekje naast mijn huis.

Juf Delft zette wat van mijn spullen aan de andere kant van de tafel. 'Zeg, je weet zeker dat hij niet te veel problemen gaat opleveren?'

'O, nee. Niet half zo veel problemen als een hamster,' antwoordde juf Bryssinckx.

WAT-WAT-WAT? Niet half zo veel problemen als een hamster? Sinds wanneer heb ik ooit iemand in lokaal 26 problemen bezorgd? Sinds wanneer heb ik me niet helemaal weggecijferd om mijn klasgenootjes en de juf te helpen? Tot mijn verbazing verbeterde juf Delft haar niet. Ik wilde mezelf net verdedigen toen de bel ging en juf Bryssinckx het lokaal weer uit rende.

Ik vroeg me af wie er niet half zo veel problemen zou opleveren als ik. 'Hij', had Juf Bryssinckx gezegd.

Welke hij? Van nieuwsgierigheid trilden mijn snorharen en prikten mijn pootjes.

Terwijl de banken langzamerhand bezet raakten stonden al mijn haren overeind. Ik zag dat Tabitha haar beer uit haar zak haalde. Vera zag het ook, en rolde met haar ogen naar Nanda, die bijna moest giechelen, maar zichzelf nog kon inhouden.

'Nou, jongens, ik heb jullie al verteld dat we dit jaar een paar dingen hebben veranderd in ons lokaal,' kondigde juf Delft aan. 'Eén van die veranderingen is een nieuw klassenhuisdier. Ik denk dat hij een aanwinst is voor lokaal 26.'

Een nieuw klassenhuisdier? Waarom wilden ze een nieuw klassenhuisdier als ze al een fantastisch, geweldig – goed dan, volmaakt – klassenhuisdier hadden, namelijk: ik? Werd ik vervangen?

Juf Bryssinckx kwam binnen met een grote, glazen bak.

Ik kon niet zien wat erin zat omdat al mijn klasgenootjes opstonden en ooh en aah riepen en begonnen te kletsen.

'Het is een kikker!' riep Vera.

Juf Bryssinckx zette de glazen bak pal naast mijn kooi. Nu kon ik wat water zien, wat stenen, en iets groens, iets HEEL-HEEL-HEEL diks.

'Daar is onze nieuwe kikker,' zei juf Delft. 'Juf Bryssinckx zal jullie alles over hem vertellen.'

'Nou, jongens en meisjes, zoals jullie weten hebben wij een kikker in onze klas. Die heet Gerard, hij is een brulkikker. Net voor de vakantie heeft een van mijn leerlingen deze kikker gekocht om Gerard gezelschap te houden. We hebben hem Rikker de Kikker genoemd. Helaas had Gerard het niet zo op Rikker. En omdat Gerard een brulkikker is, liet hij ons weten dat hij het niet zo op Rikker had door een *heleboel* kabaal te maken. Daar raakte Rikker van in de war, denk ik, want hij sprong en spetterde de hele dag rond, terwijl Gerard kwaakte.'

Mijn klasgenootjes lachten, maar ik niet. Aan de ene kant kon ik wel begrijpen waarom Gerard geen kikker wilde met wie hij moest concurreren. Maar aan de andere kant was het niet vriendelijk van hem geweest om zo tegen Rikker te kwaken.

'Door al dat kabaal konden we ons hoofd moeilijk bij ons werk houden,' ging juf Bryssinckx verder. 'Dus heb ik juf Delft gevraagd of Rikker misschien in jullie klas mocht komen, en ze zei "ja". Hij is een heel rustige kikker. Vinden jullie hem leuk?'

Mijn vriendjes riepen allemaal 'JA!' Allemaal, behalve Tabitha, die stiekem haar beer zat te aaien.

Iemand maakte een raar geluid met een kraakstemmetje: 'Gebbik, gebbik.' Het was de kikker niet.

'Dat-Heb-Ik-Gehoord-Mark. Zo is het wel genoeg. Rikker mag vanaf nu zelf de geluidseffecten voortbrengen. Ik denk dat hij een goede vriend is voor Bertje,' zei juf Delft.

Een vriend voor mij? Dat betekende dat hij tenminste niet mijn vervanger was – pf! Maar ik was al vriend van iedereen in lokaal 26, dus ze hoefde niet *nog* een vriend voor me te regelen. Maar ik wilde niet net zo onvriendelijk als Gerard doen.

Toen juf Bryssinckx weg was, liet juf Delft de kinderen eens goed naar Rikker kijken.

Steven tikte tegen het glas.

'Laat dat, Steven,' waarschuwde de juf. 'Je maakt hem bang.'

'Hij lijkt helemaal nergens bang voor,' zei Miranda.

'Ik geloof dat hij honger heeft,' zei Mark. 'Rikker de Kikker wordt alsmaar dikker.'

Voor één keer giechelde Nanda niet, en dat vond Mark niet prettig. 'Snap je wel? Dikker, kikker?' probeerde hij uit te leggen.

Nanda rolde met haar ogen en kreunde, waardoor Mark zich nog dikker maakte.

Juf Delft riep het nieuwe meisje erbij. 'Kom eens naar Rikker kijken, Tabitha.'

Tabitha keek naar beneden, naar haar bank, en schudde haar hoofd.

'Kom eens, Tabitha,' riep Sara ongeduldig.

Weer schudde Tabitha haar hoofd.

'Ze wil de hele dag al niets doen!' mopperde Sara.

'Sara...' waarschuwde juf Delft haar.

'Is hij echt een kikker?' Ghassan keek strak naar Rikker, die strak terugkeek. 'Leven kikkers niet in het water?'

'Sommige wel,' zei juf Delft. 'En sommige kikkers leven in bomen. Rikker is een gewone groene kikker. Hij leeft graag in de buurt van het water, maar niet erin. Daarom heeft hij een bak met half land, half water.'

Een gewone groene kikker klonk niet zo interessant, maar Rikker was er wel in geslaagd de aandacht van mijn klasgenootjes te trekken.

'Mag ik voor Rikker zorgen?' vroeg Tom luid.

'Kan-Het-Wat-Zachter-Tom,' zei juf Delft. 'We zorgen allemaal voor hem.'

Toen de leerlingen weer op hun plaats zaten, hield juf Delft een boek omhoog over het zorgen voor kikkers. 'We moeten dit doorlezen,' legde ze uit. 'Zorgen voor Rikker wordt heel anders dan voor Bertje zorgen. Want Bertje is

een warmbloedig zoogdier. Rikker behoort tot de koud-
bloedige amfibieën.'

Amfibieën! Dat lijkt nog niet op een zoogdier! Het
woord alleen al bevroor het bloed in mijn aderen! Ik
hoopte maar dat ze dat woord nooit in een dictee zou
opgeven.

Juf Delft keek het boek door. 'Aha,' zei ze. 'Hier staat
dat de gewone groene kikker een middelgrote kikker is
met een rustig karakter. Hij maakt een heel herkenbaar
snaarachtig geluid.'

'POING!'

Ik viel haast van mijn ladder. Waar kwam dat geluid in
vredesnaam vandaan?

Toen hoorde ik nog een geluid: het gelach van mijn
klasgenootjes.

'Dat is zeker een herkenbaar snaarachtig geluid,' zei juf
Delft verbaasd.

'POING!' Dit keer kwam het geluid duidelijk van de
kikker. Wat was dat voor een manier van praten? Horen
kikkers niet 'Kwaak' te zeggen?

Juf Delft draaide zich naar de bak van Rikker. 'Dank je
voor de demonstratie, Rikker.'

Ik hoorde nog een ander geluid: 'Poing-poing-poing!'
Dit keer kwam het niet van de kikker.

'Dat-Heb-Ik-Gehoord-Mark Chang,' zei de juf. Ze
praatte maar door en door over amfibieën en hoe hun
leven eruitzag.

'Wat eet hij?' riep Vera.

'Vinger omhoog, Vera,' zei juf Delft vermoeid. 'Vooral insecten. Juf Bryssinckx heeft me een bus krekels gegeven.'

'Gaaf!' zei Mark.

Maar verder riep de hele klas 'Jakkes!'

Toen ik klaar was met kokhalzen, piepte ik 'LEVENDE insecten?' Niet dat er iemand naar mij luisterde. Vooral Rikker niet, die rustig helemaal niets zat te doen.

***

Aan het eind van de dag pakten de leerlingen hun boeken en jassen bijeen en liepen langs onze tafel, en ten minste de helft zei: 'Dag Rikker,' of 'Tot later, Rikkertje.'

Geen van mijn klasgenootjes zei mij gedag. Ik denk dat ze me allemaal vergeten waren.

Sara bleef even na toen de les was afgelopen. 'Juf Delft, u heeft gezegd dat ik vriendelijk moet doen tegen dat nieuwe meisje, maar ze doet niet vriendelijk terug.'

'Niet-Klagen-Sara,' zei de juf. 'Het is niet makkelijk om nieuw te zijn in de klas. Probeer je in haar positie te verplaatsen. Geef haar wat tijd. We hebben tenslotte nog een half jaar voor de boeg.'

Een half jaar – en dat moest ik doorbrengen met een kikker?

Juf Delft had de boel goed opgeschud. En ik voelde me weer helemaal niet lekker.

'Het beste deel van ons leven bestaat uit onze vriendschappen.'

Abraham Lincoln, zestiende president van de Verenigde Staten

Ik schrik

Ik had wel eens eerder een nare dag gehad. Mijn naarste dag was toen juf Dop wegging. Zij was de invaljuf die me in het Dierenparadijs had gevonden en mee had genomen naar lokaal 26. Ze brak bijna mijn hart toen ze naar Brazilië verhuisde, want dat is vreselijk ver weg.

Ik had ook wel eerder problemen overwonnen. Zoals juf Delft en haar man Dirk overtuigen: eerst mochten ze me niet, en later mochten ze me HEEL-HEEL-HEEL erg graag.

Maar een probleem als dit had ik nog nooit gehad. In mijn jeugd in het Dierenparadijs had ik cavia's, muizen, ratten, woestijnratten en chinchilla's leren kennen op de Kleine Dierenafdeling. Als er daar al kikkers waren, dan zaten ze waarschijnlijk in de buurt van de vissen en andere minder interessante dieren.

Toen de les was afgelopen, pakte juf Delft haar jas, haar handschoenen en haar boeken, liep naar Rikker en mij en zei: 'Nou, jongens van me, vannacht staan jullie er alleen voor. Veel plezier!'

En daarmee vertrok ze.

Ik dacht terug aan de eerste nacht dat ik alleen was geweest in lokaal 26. Terwijl het buiten langzaam donkerder werd, werd ik van binnen steeds banger. Ik had die nacht graag een vriend gehad om mee te praten. Misschien voelt Rikker zich nu ook zo. Rikker is net zo goed nieuw in de klas als Tabitha, en het leek me dat ik moest proberen vriendschap met hem te sluiten. Juf Delft had gezegd dat het niet makkelijk was om nieuw te zijn. Je moet altijd naar de juf luisteren.

'Maak je maar geen zorgen, Rikker,' piepte ik tegen hem. 'Ze komen morgen allemaal weer terug. En zo meteen komt Kalil.'

Ik wachtte op antwoord. Ik hoorde alleen de stilte. Ik wist wel dat hij me waarschijnlijk niet verstond. Maar ik had ook geleerd te begrijpen wat mensen zeiden, en meestal verstonden ze mij als ik iets piepte. Dus dat moest ik met een kikker ook wel kunnen bereiken. Ik besloot het nog eens te proberen.

'KUN JE ME HOREN?' piepte ik zo hard als ik kon.

Misschien kon hij me niet horen. Misschien was hij gewoon onbeschoft. Ik kon hem niet zo goed zien vanuit mijn kooi, omdat mijn rad, mijn ladders, takken, mijn slaaphok en de spiegel ertussen zaten. Omdat ik wist dat Kalil pas over een paar uur zou komen om het lokaal schoon te maken, besloot ik mezelf voor te gaan stellen. Als een ervaren (en geliefd) klassenhuisdier kon ik mijn rijke kennis over het rooster, de leerlingen en de lessen in lokaal 26 met hem delen. Rikker kon altijd bij mij komen om raad.

Tenslotte kun je een hoop leren door voor een andere soort te zorgen, dat had juf Dop me verteld. Dat moest vast ook voor kikkers gelden.

Ik opende eenvoudig het deurtje van mijn kooi. Het heeft een slot-dat-niet-sluit. Maar ik ben de enige die dat weet. Voor mensen ziet het er goed vergrendeld uit, maar geloof me, dat is het niet.

'Ik kom eraan, Rikker,' kondigde ik aan.

Er kwam weer geen antwoord. Ik liep naar de glazen bak om mijn nieuwe klasgenoot te begroeten.

In de glazen bak zat aan de ene kant een grote kom met water en aan de andere kant kiezelstenen en planten. Bovenop zat een deksel. Onder een grote, groene plant zat een groene klomp.

Ik liep op mijn tenen naderbij en keek naar binnen.

Die klomp was nog lelijker dan ik eerst dacht. Met mij vergeleken, tenminste. Maar ik ben natuurlijk een goudhamster, met een zachte vacht, nieuwsgierige oogjes en een klein roze neusje. Intelligente mensen, zoals Miranda Goud en Aysel Atalay hebben me verteld dat ze me knap vinden.

Maar dat Rikkerding had een misselijkmakende kleur groen, uitpuilende ogen en geen stukje vacht op zijn hele lijf. Erger nog, hij had een enorme bek – zo breed als zijn hele lijf – die aan de hoeken omhoog plooide, alsof hij glimlachte. Hij zag er niet blij uit, alleen maar eng. Ik probeerde niet te rillen.

'Sta me toe me voor te stellen. Ik ben je buurman, Bertje,' piepte ik zo beleefd mogelijk.

Geen antwoord. Misschien kon hij me niet horen. Hij had tenslotte niet van die leuke ronde oortjes als ik. Het leek alsof hij helemaal geen oren had. Maar hij kon tenminste zien dat ik vriendelijk tegen hem deed.

'RIKKER?' Ik kwam nog wat dichterbij, ik piepte dit keer nog wat harder. 'Hoewel we elkaar nog niet kennen, wil ik je bij deze graag in vriendschap de poot reiken–'

En toen sprong Rikker recht op me af, en liet een harde 'Poing!' horen.

Ik sprong zeker een halve meter achteruit! Rikker kon niet bij me door het glas, maar o, wat had hij me laten schrikken.

'Ik wilde alleen maar vriendelijk doen,' zei ik tegen hem, en liep achteruit naar mijn kooi.

'Poing!' Hij klonk als een gebroken gitaarsnaar.

Ik keek nog eens naar hem. Glimlachte hij, of grijnsde hij? Of lachte hij me uit?

Mijn hart bonsde nog steeds toen ik mijn kooi weer inschoot en het deurtje achter me dichtdeed. Wat een vriend was die Rikker! Waarom had hij me zo laten schrikken?

Ik probeerde in zijn schoenen te staan, zoals juf Delft had gezegd, maar hij had helemaal geen schoenen. En ik trouwens ook niet.

Ik pakte mijn opschrijfboekje en mijn potlood van achter mijn spiegel. Juf Dop heeft me die ooit gegeven. Niemand in lokaal 26 weet daarvan. Niemand weet dat ik kan lezen en schrijven. Schrijven helpt soms om de dingen op een rijtje te zetten. En die avond stuiterden er veel dingen door mijn hoofd die ik op een rijtje moest zetten – ze waren lang niet allemaal even vriendelijk.

∗∗∗

Ik krabbelde een paar uur door en Rikker hield zich redelijk rustig, op wat irritant gespetter na. Gelukkig kan ik mezelf schoonmaken en water drinken zonder zoveel lawaai te maken.

Plotseling vulde het lokaal zich met schitterend licht en hoorde ik het bekende BONK-BONK-BONK. Dat was de schoonmaker van de Boerhaaveschool, Kalil al-Kateb.

'Jolijt en plezier, Kalil is hier!' kondigde een stem aan.

'Kalil! Mijn vriend!' piepte ik terwijl ik in mijn rad sprong en vrolijk begon rond te rennen.

Kalil zette zijn schoonmaakkarretje bij de deur en rende naar mijn kooi.

'Gelukkig nieuwjaar, Bertje! Je ziet er knap en gezond uit,' zei hij tegen mij.

Kalil is een echte vriend!

'Hetzelfde voor jou,' piepte ik terug.

'Wie is je vriendje?' Kalil keek eens naar Rikker. 'Hé, jou ken ik. Jij bent de kikker van het lokaal verderop. Wat doe je hier?'

'Dat wil je niet weten!' piepte ik.

Kalil keerde zich weer naar mij. 'Rustig maar, vriendje van me. Ik heb wat voor je meegebracht.' Hij stak zijn hand in zijn zak en maakte een papiertje open en haalde de mooiste kerstomaat tevoorschijn die ik ooit heb gezien. Ik kon wel janken.

'Dank je, Kalil,' piepte ik terwijl ik de verrassing in mijn wangzak propte.

'Graag gedaan, Bertje.' Kalil keek weer naar Rikker. 'Het spijt me, ik weet niet wat kikkers eten.'

'Dat wil je ook niet weten!' zei ik.

Kalil pakte een papieren tas en trok het karretje naar me toe. 'Mag ik bij jou komen zitten eten?'

Dat hoefde hij helemaal niet te vragen. We hadden al veel leuke avonden samen doorgebracht als hij zijn eetpauze nam. Ik haalde diep adem. Kalil rook lekker naar krijtstof en dennenshampoo. Hij rook zoals ik dacht dat een bos ruikt. Ergens, LANG-LANG-LANG geleden hebben wilde hamsters waarschijnlijk in de bossen gewoond, in lekkere hopen aarde vol rottende bladeren en gevallen dennenappels. Ja, Kalil rook naar thuis.

'Vind je het goed als we even praten?' vroeg hij.

Dat vond ik natuurlijk goed. Ik was al de hele avond bezig om die groene klomp aan de praat te krijgen.

'Ik moet je wat vertellen, Bertje. Weet je nog dat ik mijn vriendin, Maria, een verlovingsring heb gegeven met kerst? Nou, ik heb nu nog groter nieuws. Op nieuwjaarsdag zijn we er met z'n tweeën tussenuit geknepen en zijn we getrouwd!' Hij hield zijn linkerhand op. Er glinsterde een gouden band om één van zijn vingers.

'Ik hoop dat je heel GELUKKIG-GELUKKIG-GELUKKIG wordt!' piepte ik blij.

'Dank je, jongen. Ik weet wel dat ik je verteld heb dat ik je op mijn bruiloft zou uitnodigen, maar we hadden besloten om ergens stiekem te trouwen, snap je?' vroeg hij.

Natuurlijk piepte ik 'Ja'. Ik had tenslotte geholpen om hen bij elkaar te brengen. En toen ik Maria had ontmoet, bleek ze net zo aardig als Kalil.

26

'Ja, nu ben ik een oude getrouwde man. Erg gelukkig. Maar ik ben aan het denken, Bertje. Ik vind dit een prima baan, maar het betaalt niet erg veel.' Kalil zweeg even en kauwde op een hap van zijn boterham. 'Ik wil graag kinderen en een huis, en misschien wil ik zelf wel een paar hamsters kweken.'

Dat vond ik uitstekend, zo lang hij er maar geen kikkers bij nam.

'Ik zou het echt heerlijk vinden als ik mijn avonden vrij had, zodat ik bij mijn gezin kon zijn. Kerel, ik moet een betere baan zien te krijgen,' ging Kalil verder.

'Je kunt het!' piepte ik.

Kalil was rustiger dan gewoonlijk toen hij klaar was met eten. Ik rende in mijn rad om hem op te vrolijken, maar hij was helemaal in gedachten. Ten slotte vouwde hij zijn tas op.

'Ik denk dat ik vanavond een beetje saai gezelschap ben, Bertje. Ik wil wedden dat je beter met die kikker kunt praten dan met mij.'

'Dat had je gedacht!' piepte ik.

***

Nadat Kalil het lokaal had schoongemaakt en was vertrokken, dacht ik eens goed na. Persoonlijk vond ik Kalil een van de beste mensen die ik ooit had ontmoet. Ik zou hem missen als hij ergens anders ging werken. Maar hij was mijn vriend, dus als hij een betere baan wilde, dan wilde ik hem daarbij helpen.

Ik begon wat ideeën in mijn opschrijfboekje te noteren en hield de tijd niet meer in de gaten. Later hoorde ik spetteren. Ik was dinges-van-hiernaast al bijna vergeten. 'Hé, wat is er aan de hand, Rikker?' riep ik naar hem. Misschien had hij nagedacht over zijn onbeschofte gedrag en wilde hij nu zijn excuses aanbieden.

Maar er kwam geen antwoord, alleen spetterdespetter. Ik persoonlijk vind het idee om onder het water te zitten behoorlijk onsmakelijk. Ik maak me liever schoon op traditionele wijze: met mijn tong, tanden, poten en teennagels. Ik maak mezelf elke dag grondig schoon. De leerlingen van lokaal 26 vinden het heerlijk om naar mij te kijken. Dat vonden ze tenminste voordat puiloog langskwam.

Maar als ik toch een tafel met hem moest delen, dan leek het me beter om te PROBEREN-PROBEREN-PROBEREN om vriendelijk te doen. 'Ben je lekker aan het badderen?' vroeg ik.

Er kwam geen antwoord. Zelfs geen spettertje meer. Maar ik hoorde wel een ander geluid: de krekels. Dus die leefden wel degelijk.

Rikker moest natuurlijk wel lawaaierig voedsel eten. Mijn hamstervoer en mijn heerlijke meelwormen maakten geen geluid tot ik op ze knaagde. Maar die krekels – ik had echt medelijden met ze – zongen een raar zangerig liedje: 'Sjirp, Sjirp!' Kennelijk waren ze nachtdieren, net als ik.

Het zou een lange nacht worden met die lawaaierige krekels en die stille kikker. Ik sprong in mijn rad en probeerde de irritatie uit mijn lijf te rennen.

Het lukte me niet.

'De enige manier om vrienden te maken is een vriend te zijn.'

Ralph Waldo Emerson, Amerikaans dichter en essayist

Triest-Verliest-Briest

Ik zal je vertellen hoe die week verliep: VRESELIJK-VRE-SELIJK-VRESELIJK! Het zal wel nationale kikkerweek zijn geweest, want in lokaal 26 ging het alleen maar over kikkers.

Eerst leerde juf Delft iedereen hoe ze voor Rikker moesten zorgen. De leerlingen gingen om haar heen staan, zij trok rubberhandschoenen aan, pakte het insectenbusje en gooide een paar krekels in Rikkers bak. Ze vond die krekels kennelijk niet zo prettig om vast te pakken, ze waren behoorlijk groot en lelijk. Ik vond het niet raar dat Rikker 'Poing' zei, zoals die jongens door zijn bak stuiterden.

'Heb je zijn tong gezien?' brulde Tom. 'Die is wel een halve meter lang!'

'O, hij heeft er een opgegeten!' kirde Vera.

'Cool!' zei Steven toen Rikkers tong zich om de andere krekels krulde.

'Ik wil hem aaien,' zei Sara. Vóór iemand haar tegen kon houden had ze het deksel van de bak gehaald, haar hand erin gestoken en die grote kikkerklomp opgepakt.

'Nee, Sara!' zei juf Delft. Maar het was al te laat.

'Hij pist me onder!' gilde Sara, en ze liet Rikker weer in zijn bak vallen. Dat kon ik haar niet kwalijk nemen. Wat een onuitpiepbaar onbeschoft gedrag! Dat is toch geen stijl voor een klassenhuisdier?

Steven sprong achteruit, hij wapperde met zijn handen. 'Oooooo!'

Vera giechelde, net als iedereen.

'Ga je handen wassen, met veel zeep en veel heet water,' zei juf Delft tegen Vera. Tegen de rest van de klas zei ze: 'Dat doen kikkers als ze bang zijn. We moeten allemaal heel lief doen tegen die arme Rikker. Je mag hem alleen aanraken als je rubberhandschoenen aanhebt. Je pakt hem op bij zijn schouderbladen en je mag hem nooit in zijn buik knijpen, anders doe je hem pijn.'

Ze zei dat mijn klasgenootjes weer op hun plaatsen moesten gaan zitten (behalve Sara dan, want die was haar handen aan het wassen). Toen moesten we nog meer over

31

kikkers leren. Ze worden niet geboren als leuke, wollige baby's, zoals hamsters. NEE-NEE-NEE! Ze beginnen hun leven als rare kleine dikkopjes, groeien dan uit tot lelijke kikkervisjes en worden dan van die grote kikkerklompen met uitpuilende ogen.

Om de een of andere reden vond iedereen die kikkers vreselijk spannend, behalve Tabitha en ik. Zij besteedde meer aandacht aan haar speelgoedbeer dan aan alle andere dingen.

Ik hoorde Sara tegen de andere meiden klagen dat Tabitha niet zo vriendelijk was. 'Ik heb geprobeerd met haar te spelen in de pauze, maar niets interesseert haar, behalve die oude beer. Ze is nog een baby.'

Aysel mompelde: 'Misschien is ze verlegen.' Ik was blij dat ze had geleerd haar mening te geven. Maar de andere meiden besloten dat Tabitha gewoon onvriendelijk was.

Net als die andere nieuwe in lokaal 26.

***

Na al die kikkerpraat ging juf Delft over op het onderwerp poëzie.

Eerst kregen we een eng gedicht over een tijger te lezen. We lazen ook een gedicht over een geitje, gevolgd door een raar gedicht over een gorgel met blauwe billen. Sommige gedichten rijmen, andere gedichten niet. Maar er zijn een hoop woorden die rijmen, zoals 'maan' en banaan', en 'kat' en 'rat'. (Wel grappig dat die laatste twee woorden rijmen, vind je niet?)

's Nachts, terwijl Rikker een beetje voor zich uit zat te staren, maakte ik lijstjes van rijmwoorden in mijn opschrijfboekje. Dat was beter dan nog eens te proberen een praatje met hem te maken, want hij bleef toch tegen me zwijgen.

Knol, bol, zwol, trol. Raar dat die woorden ook rijmden.

Nadat we een paar dagen bezig waren geweest met gedichten lezen, zei juf Delft dat het tijd was dat we zelf gedichten gingen schrijven. Er werd nog erger gekreund dan de eerste keer toen ze het over poëzie had. Juf Delft hield haar hand op, en dat betekende dat het stil moest zijn.

'Dit is allemaal voorbereiding op Valentijnsdag, want dan gaat deze klas een poëziefestival presenteren voor alle ouders. Ieder van jullie moet dan een gedicht voorlezen dat je zelf heeft geschreven of mooi vindt.' Toen werd er niet meer gekreund. Een paar leerlingen keken zelfs opgewonden. Zelfs Opletten-Joris lette op.

Juf Delft legde uit dat we een gedicht moesten schrijven over een dier, van minstens zes regels, met rijmwoorden.

Ghassan stak zijn vinger op en de juf gaf hem de beurt. 'Mijn naam rijmt op "bakpan",' zei hij trots.

Juf Delft glimlachte. 'Dat klopt. "Ghassan" rijmt op "bakpan". Wie heeft er nog een rijmende naam?'

33

' "Sara Haag" rijmt op "Sprinkhanenplaag"!' riep Tom.

'Wat?' vroeg Niet-Klagen-Sara.

De woorden schoten door mijn hoofd. Bertje-Snertje-Pretje-Hertje.

' "Nanda" rijmt op "panda"!' Vera vergat weer haar vinger op te steken.

'En op "schanda"!' mompelde Mark.

'Dat-Heb-Ik-Gehoord-Mark Chang,' zei juf Delft.

'Nou, "Mark" rijmt op "hark",' zei Vera, die het altijd voor haar beste vriendin Nanda opnam.

'Zo is het wel genoeg,' zei juf Delft streng. ' "Chang" rijmt ook op "gang". En als je je niet gedraagt dan mag je daar gaan staan, Mark. Aan het werk nu.'

Ik had mijn klasgenootjes nog nooit zo hard zien werken. Ghassan kauwde op zijn potlood, Steven trilde met zijn been, Vera gumde meer uit dan ze opschreef, Mark krabde op zijn hoofd en Miranda schreef maar door. Toen ze ophield met schrijven stak ze haar vinger op.

'Juf Delft, weet u iets dat op "hamster" rijmt?' vroeg ze.

'Laten we dat eens aan de hele klas vragen,' zei de juf. 'Weet iemand iets?'

Net iets voor Goud-Miranda, om zo'n goeie vraag te stellen. Iedereen moest erover nadenken, het was zo stil dat je een potlood kon horen vallen. Twee potloden, zelfs.

'Wat denk je van "gangster"?' riep een stem.

'Vinger-Omhoog-Vera.' Juf Delft liep naar het bord.

'Wat vinden jullie ervan, jongens? Rijmt "HAMster" op "GANGster"?'

Ze schreef de twee woorden op het bord en herhaalde ze. 'Horen jullie dat? Ze klinken niet helemaal hetzelfde, hè?'

Nou, dat vond ik wel zo prettig! Gangsters zijn slechteriken en ik hoor bij de goeien.

'Misschien kun je beter een ander rijmwoord zoeken,' zei de juf.

'Probeer "Bertje" maar,' riep ik om haar aan te moedigen. Er moest toch iets zijn dat rijmde.

'Probeer "kikker" maar eens!' riep Tom.

'Kan-Het-Wat-Zachter-Tom,' zei juf Delft.

'En steek je vinger eens op,' zei Vera.

Juf Delft schudde haar hoofd en begon toen de woorden op te schrijven die mijn klasgenoten haar toeriepen.

Er rijmde niets op "hamster", maar er rijmde wel het een en ander op "kikker". Heel deprimerend! Ik vroeg me af hoeveel woorden rijmden op 'triest'. Zoals "Bertje verliest" en "Bertje briest".

***

Na de pauze was het Miranda's beurt om mijn kooi schoon te maken. Ze maakt altijd mijn wc-hoekje extra goed schoon en vervangt mijn water en nestmateriaal. Ze heeft altijd een verrassing voor me, bijvoorbeeld een stukje bloemkool. Lekker.

'Sorry, Bertje, ik heb geprobeerd om een gedicht over je te schrijven, maar het lukte niet,' zei ze tegen me. 'Ik denk dat ik nu maar iets over Wodan ga schrijven.'

Wodan was Miranda's hond, die een keer heeft geprobeerd me op te eten toen ik bij haar logeerde. Hoe Goud-Miranda het kon uithouden met Wodan was mij een compleet raadsel.

Die avond schreef ik mijn allereerste gedicht. Ik vroeg Rikker of hij het wilde horen. Zijn zwijgen was niet echt bemoedigend, maar ik besloot het toch voor te lezen.

Toen juf Dop naar Brazilië ging,
werd Bertje TRIEST-TRIEST-TRIEST.

Toen Wodan de hond zo lelijk deed,
dacht ik, Bertje VERLIEST-VERLIEST-VERLIEST.

Nu is Rikker naast hem komen wonen,
die op Sara PIEST-PIEST-PIEST.

Dit is de ergste week van mijn leven,
Dit is niet wat Bertje KIEST-KIEST-KIEST.

Ik dacht dat Rikker wel zou klappen, of dat er tenminste wel een magere 'Poing' afkon. Ik hoorde alleen maar stilte. Toen ik naar mijn buurman keek, zat hij van oor tot oor te grijnzen. (Of dat zou hij hebben gedaan, als hij oren had gehad.) Op de een of andere manier werd ik helemaal niet vrolijk van zijn glimlach.

***

De volgende dag voelde ik me alweer wat beter, omdat het vrijdag was. Dat betekent dat ik even kon ontsnappen uit lokaal 26 en aan de groenige, oenige klomp. Ik werd elk weekend door een andere leerling mee naar huis genomen, en ik had al veel heerlijke avonturen beleefd met mijn klasgenootjes en hun gezinnen. Ik was zelfs een keer thuis geweest bij meneer Elstak.

Deze week zou ik logeren bij Wacht-Op-De-Bel-Walter Steendonk. Hij had me al lang een keer mee naar huis willen nemen.

'Mag ik Rikker ook mee naar huis nemen?' vroeg Walter.

'Ik denk dat Rikker wel hier kan blijven,' antwoordde juf Delft. 'Kikkers hoeven niet elke dag te eten, behalve als ze heel jong zijn.'

Raar, maar ik voelde niets meer van Bertje-Is-Triest, Bertje-Verliest of Bertje-Briest.

***

'Kan je moeder ons niet ophalen?' vroeg Tom na school-
tijd aan Walter.

Ik kon hem niet zien, maar ik kon hem wel horen terwijl we buiten op de bus wachtten. Er lag een deken over
mijn kooi omdat het buiten koud was. Maar dat vond ik
niet erg, als ik maar VER-VER-VER weg van Rikker was.
(Hij had niet eens gedag gezegd toen ik wegging.)

'Mijn vader zei dat ik haar met rust moet laten. Ze is
ziek geweest,' zei Walter. 'Kan jouw moeder ons niet
ophalen?'

'Dat zou ik ook willen.' Tom zuchtte. 'Ze moet mijn
zusje van de kleuterschool ophalen en de baby in bed stoppen.'

'Heb je je ouders over Krene verteld?' vroeg Walter.

Ik dacht tenminste dat ik hem 'krene' hoorde zeggen.
De dingen klinken gedempt onder een deken.

'Neuh,' zei Tom. 'De laatste keer dat ik zei dat iemand
me pestte heeft pap me op boksles gedaan. Daar moest ik
me door iedereen laten slaan. Dan word ik nog liever
gepest.'

Ik probeerde uit te vinden wat Tom bedoelde met
gepest worden. Werd hij gepest door een krene? Door een
boksende krene? Ik had geen tijd om erover na te denken
want daar kwam de bus al.

'Daar gaan we,' zei Walter, die mijn kooi optilde. 'We
moeten zorgen dat we bij elkaar blijven, wat er ook
gebeurt.'

'Goed. Zorg dat je vooraan zit, bij juffrouw Victoria,' fluisterde Tom. 'Dat is de veiligste plek.'

Aan de geluiden van schuifelen en schuiven kon ik horen dat we in de bus waren. Gelukkig was er een hoekje van de deken naar beneden gegleden en ik kon juffrouw Victoria, de buschauffeuse zien, die over haar schouder keek.

'Doorlopen, jongens,' zei ze streng. 'Ho, ho dames, één van jullie moet weg daar. Jullie mogen niet met z'n drieën op een bank.' Drie meiden van de eerste klas zaten samen op een bank, net achter de chauffeur. 'We vertrekken niet voor één van jullie weg is. Sta op, Lies.'

Het meisje aan de kant stond verlegen op en begon het gangpad af te lopen. Ze keek angstig om naar haar vriendinnen.

'Doorlopen, mensen,' zei juffrouw Victoria.

Plotseling – BOEM! Het meisje Lies viel plat op de vloer voor ons. Haar boeken schoten naar alle kanten over de vloer.

Het was stil in de bus zolang Lies daar lag, tot iemand riep: 'Hé, stomkop, je hebt wat laten vallen!' Daarop volgde een naar gegniffel.

'Jij hebt haar doen vallen,' zei Tom met een stem die lang niet zo hard klonk als anders.

'Dat zeg jij, Tom! Tom, wat een stomme naam eigenlijk. Zo stom als Tom, zo krom als Tom.'

Ik kroop naar de kant van mijn kooi waar ik kon zien wie dat zei. Hij was GROOT-GROOT-GROOT voor een kind. Hij had plukkerig haar en de minachting droop van zijn gezicht.

Terwijl Walter en Tom zich bogen om Lies te helpen haar boeken op te rapen, riep juffrouw Victoria naar achteren.

'Walter en Tom, als jullie niet snel gaan zitten, zodat ik vertrekken kan, dan zal ik jullie moeten melden.'

'Ja, Walter Stinkteen, ga eens zitten,' spotte de grote jongen.

'Ik ga het zeggen,' zei Lies zachtjes.

'Niet doen,' fluisterde Tom terug. 'Krene wordt dan alleen nog maar erger.'

Dus dat was die enge Krene waar ze het eerder over hadden!

Lies ging zitten, haar boeken op haar schoot. Net toen Tom naar voren stapte, stak Krene zijn been in het gangpad. Dus zo had hij haar laten struikelen! Nadat Tom eroverheen had weten te stappen, stonden Walter en ik (in mijn kooi) recht naast meneer Ellende.

'Wat zit er in die kooi, meneer Stinkkop? Je lunchpakket?' Hij snoof een paar keer, maar verder lachte er niemand in de bus. 'Of is dat je vriendinnetje?'

Dat was de druppel! Ik was woest. Iemand moet die kerel laten piepen. 'Ik ben een mannelijke goudhamster, meneer. En jij bent een GEMENE KRENE!'

40

'Heeft er iemand een muizenval bij zich?' spotte Krene.

'Waarom zitten jullie niet op jullie stoel?' riep juffrouw Victoria. 'Ik schrijf jullie namen op, Walter en Tom!'

Walter ging naast Tom zitten. Ik wilde net juffrouw Victoria de waarheid vertellen toen de bus naar voren schoot en ik me aan mijn kooi vast moest houden om het er levend af te brengen. Ik had spijt dat ik mijn Hamster-knabbels niet had opgegeten vóór we vertrokken.

Ik had de hele week uitgekeken naar mijn logeerpartij-tje bij Walter. Nu wist ik niet meer of ik ooit wel bij hem thuis zou aankomen.

'Vriendschap is één geest in twee lichamen.'

Mencius, Chinees filosoof

Gemene Krene

Tom moest één halte voor Walter uitstappen. 'Kom je morgen langs?' vroeg Walter aan zijn vriend. Zodra Tom weg was, ging Walter vooraan in de bus staan om van Krene weg te komen.

'Welk stuk van "Ga zitten" begrijp je niet, Walter?' Juffrouw Victoria klonk behoorlijk geïrriteerd.

'Het spijt me. De kooi past niet op de bank,' zei hij.

'Wat zit daar in vredesnaam in?'

Vóór Walter kon antwoorden, stopte de bus voor zijn huis. Hij trok de deken weer over de kooi en rende het trapje af.

Mevrouw Steendonk stond te wachten in de deuropening. Ze had golvend bruin haar, net als haar zoon. Ze hielp hem de kooi neer te zetten in de woonkamer. Walters kleine broertje Andy rende de kamer in. Hij had golvend bruin haar, een bril en sproeten. 'Van mij!' riep hij.

'Niks daarvan. Hij is van mij. Voor dit weekend tenminste,' zei Walter.

'Vertel Andy eens over Bertje,' zei Walters moeder.

'Hij is een hamster. En je moet lief tegen hem zijn,' legde Walter uit.

Daar had ik niets aan toe te voegen!

'Ik hou van ham,' zei Andy, en hij wreef over zijn buik. 'Lekker, lekker!'

Ik sprong in mijn rad om Andy te laten zien dat een hamster niets op ham leek.

'Heeee! Ham rondjes maken!' zei Andy.

Walters moeder bracht een bord met pindakaas en crackers binnen. O, dat rook heerlijk.

'Hoe was het op school?' vroeg ze.

'Wel goed,' zei Walter. 'Maar mam, kun je niet eens iets zeggen tegen de moeder van Krene? Hij doet gemeen tegen iedereen in de bus.'

'Martin Krene?' Walters moeder klonk verbaasd. 'Hoezo? Hij is altijd beleefd als ik hem zie.'

'Nou, op andere momenten is hij niet beleefd,' legde Walter uit. 'Hij heeft in de bus een meisje laten struikelen en heeft iedereen uitgescholden.'

'Dat zou Martin nooit doen. Wat heeft de buschauffeur gedaan?'

'Niets,' antwoordde Walter.

'Nou, ik denk dat zij degene is die dit moet uitzoeken,' zei mevrouw Steendonk.

'Dat zegt u omdat mevrouw Krene uw vriendin is!'

'Dat ben ik vast niet meer als ik over haar zoon ga klagen. Misschien zou hij wat aardiger doen als je vriendelijk tegen hem was.'

'Mam...' kreunde Walter.

'Je kunt het toch proberen,' stelde zijn moeder voor.

Ik probeerde tussenbeide te piepen. 'Hij is de gemeenste Krene die ik ooit heb gezien!'

'Jongens, wat is er met Bertje aan de hand?' vroeg mevrouw Steendonk.

'Misschien vindt hij Martin ook niet aardig,' mompelde Walter. Wat is het toch een slimme jongen.

***

Kort nadat meneer Steendonk was thuisgekomen, kwam Nadia. Ze was de babysit, maar ik zag nergens baby's waar ze op kon gaan zitten. Walter was geen baby, Andy was geen baby en ik was zeker geen baby.

Nadia had zwart haar en ze had een zwart overhemd, een zwarte broek en zwarte schoenen aan. Haar bril had een zwart montuur. Haar lippen waren felrood.

'Bestel maar een pizza,' zei de vader van Walter, die Nadia wat geld gaf. 'Ik heb een paar video's klaargelegd voor de jongens.'

'Goed,' zei Nadia. 'Is het erg als ik wat huiswerk doe?'

'Als de jongens maar om negen uur in bed liggen,' zei mevrouw Steendonk.

Nadia wierp een blik op mijn kooi. 'En die rat, wat moet ik daarmee?'

Ik raakte de moed kwijt. Ik was vandaag al een muis en een stuk ham genoemd.

'Het is een hamster!' gilde Andy.

'O, een hamster. Wat leuk,' zei Nadia, die zich over mijn kooi boog. 'Ha, stoere jongen.'

Tjonge! Na die ellendige week en die ruige rit naar huis voelde ik me ineens een stuk beter.

***

Later aten de jongens een pizza en keken naar de video's terwijl Nadia een groot, dik boek las.

'Wat is dat?' vroeg Andy, die over haar schouder boog. 'Waarom staan daar geen plaatjes in?'

'In boeken voor de universiteit staan zelden plaatjes.'

Andy fronste zijn neus. 'Wat is dat, universiteit?'

Nadia zuchtte. 'Als je naar de middelbare school bent geweest, en je hebt je diploma gehaald, en als je daarna een baan wilt hebben als arts of als advocaat of als leraar, dan moet je naar de universiteit.'

'Dat weet ik wel,' zei Walter. 'De Stadsuniversiteit is verderop in de straat. Daar heeft mam vorig jaar lessen gevolgd.'

'Daar ga ik ook naartoe,' zei Nadia. 'Ik studeer psychologie.' Zoals zij het zei klonk het als 'zie-ge-le-gie'. Maar op haar boek stond 'Psychologie'. Ik heb het achteraf opgeschreven in mijn opschrijfboekje. (Ik hoop dat dat woord nooit in een dictee voorkomt!)

'Bij psychologie leer je over wat er in mensen hun hoofd zit.' De babysit pakte Andy's hoofd vast.

'Kleverige, beverige hersenen,' zei Walter.

'Niet in mijn hoofd peuteren!' gilde Andy, en hij sprong van de bank.

Nadia lachte. 'Niet zo. Psychologie leert je hoe mensen denken. Weet jij wat ik denk?'

Andy schudde zijn hoofd.

'Ik denk dat het bedtijd is,' zei Nadia. 'Negen uur.'

De jongens kreunden allebei. 'Nog niet,' protesteerde Walter.

Andy deed zijn armen over elkaar. 'Je kunt me niet dwingen!' zei hij.

Tot mijn verrassing ging Nadia achterover zitten en glimlachte. 'Ik geloof dat je gelijk hebt. Ik kan je niet dwingen.'

Andy's ogen spatten bijna uit zijn hoofd. 'Wat?'

'Waarom zet je niet nog een video op? We kunnen opblijven tot je ouders terugkomen,' zei de babysit. 'Dat wordt lachen!'

'Ja!' riep Walter, en hij en zijn broertje sloegen de handen tegen elkaar.

Maar ik was een beetje in de war. Had mevrouw Steendonk haar niet gezegd dat de jongens om negen uur in bed moesten liggen? Ik wist zeker dat Nadia haar verstand was kwijtgeraakt.

Walter ging weer op de bank zitten, maar na één minuut verdween zijn glimlach. 'Wanneer denk je dat mam en pap terugkomen?'

Nadia haalde haar schouders op. 'Dat hebben ze niet gezegd.'

'Zouden ze niet boos zijn als we nog wakker zijn?'

'Daar zullen we zo wel achter komen, denk je niet?' antwoordde Nadia met een slinkse grijns.

Andy keek bezorgd. 'Ze zijn vast woest als we nog niet in bed liggen.'

'En wat dan?' zei Nadia. 'We hebben toch nog wel even tijd om tv te kijken.'

Walter stond op en gaapte luid. 'Ik ben eigenlijk wel moe.'

'Ik ook,' zei Andy, die zich uitrekte.

Nadia glimlachte. 'Nou, als jullie moe zijn, goed dan. Maak je maar klaar om te gaan slapen, dan ben ik zo boven.'

Terwijl de broertjes naar boven renden, giechelde Nadia even en boog zich toen naar mijn kooi.

'Dat, Bertje de hamster, dat noemen we nou "omgekeerde psychologie". Je kunt mensen dingen laten doen door ze het omgekeerde voor te stellen.'

Omgekeerde psychologie. (Denk erom, je spreekt het uit als zie-ge-le-gie.) Dus zo werken mensenhersenen. Je hoeft ze alleen maar het omgekeerde voor te stellen van wat je ze wilt laten doen.

Je kunt een hoop leren op de universiteit.

En je kunt ook een hoop leren van een babysit.

**

De volgende middag kwam Tom bij Walter thuis spelen. Mevrouw Steendonk ging met Andy nieuwe schoenen kopen. Meneer Steendonk was in de keuken bezig met de boekhouding. De jongens zaten alleen met mij in de woonkamer.

'Bertje heeft wat lichaamsbeweging nodig,' zei Tom. 'Laten we hem mee naar buiten nemen.'

'Goed. Jij houdt hem in de gaten terwijl ik zijn kooi schoonmaak.'

Tom nam me heel voorzichtig mee naar buiten, en Walter trok handschoenen aan en begon mijn kooi schoon te maken. De jongens moesten allebei lachen toen hij bij mijn wc-hoekje aankwam – daar lachen ze allemaal om – maar hij maakte het wel heel goed schoon. Terwijl hij aan het werk was praatten ze.

'Is er een kans dat je vader ons maandagmorgen naar school kan brengen?' vroeg Walter.

Tom schudde zijn hoofd. Hij streelde me zachtjes. 'Hij moet vroeg weg naar zijn werk. En jouw vader?'

Walter schudde zijn hoofd. 'Hij zegt altijd dat hij vroeger naar school moest lopen en dat ik blij mag zijn dat ik de bus kan nemen.'

'Weet ik.' Tom zuchtte en zette me op de tafel.

'Kijk uit!' zei Walter. Hij zette een stapel dikke boeken langs de randen van de tafel. 'Zorg dat Bertje niet wegloopt.'

'Misschien is hij maandag wel ziek,' zei Walter.

'Ben je gek? Hij is de gezondste jongen van de hele school. Tjonge, als hij niet zo groot was, dan zou ik hem wel een lesje leren,' zei Tom, en hij balde zijn vuist.

'Ik ook,' zei Walter.

Het was niet moeilijk te raden dat ze het over Martin Krene hadden.

'Ik weet niet waarom juffrouw Victoria altijd zijn kant kiest,' zei Walter na een tijdje.

'Hij weet hoe hij moet voorkomen dat hij gepakt wordt.'

De jongens zwegen weer tot Walter zei: 'Miranda nam

in de pauze een slokje water uit de kraan en hij liep op haar toe en duwde haar aan de kant.'

Het idee dat iemand Goud-Miranda, een bijna volmaakt mens, aan de kant had geduwd streek me werkelijk tegen de haren in.

'Heeft ze het verteld?' vroeg Tom.

'Ja. Hij zei dat hij niets gedaan had,' legde Walter uit. 'Hij zei dat hij nog niet in haar buurt was geweest. Hij zei dat Mark het had gedaan. Mark raakte bijna in de problemen, dus zei Miranda maar dat het allemaal een vergissing was, om Mark te redden.'

'Mark de Hark. Zo noemt Krene hem,' zei Walter. 'Hij heeft een bijnaam voor iedereen. Daarom heeft hij geen vrienden.'

Hij zette een stap achteruit en trok zijn handschoenen uit. 'Ik denk dat deze kooi nu helemaal schoon is.'

'Fantastisch,' piepte ik. 'Maar wat gaan jullie doen aan die Krene?'

'Krene is eigenlijk ook maar een gekke naam,' zei Tom. Hij gniffelde. 'Krene op zijn tene.'

'Krene tegen zijn schene,' zei Walter.

De jongens moesten lachen.

'Krene moet wene!'

'Krene moet hene!'

'Krene zal verdwene!'

'Gemene Krene! Dat rijmt ook. Gemene schele Krene!'

Juf Delft zou trots zijn als ze hen zo hoorde rijmen! Ik vond het fijn hen te horen lachen. Maar ik maakte me wel zorgen. Krene had iets gezegd over een muizenval. Alleen al dat hij dergelijke apparaten noemde liet de rillingen over mijn vacht lopen. En ik wilde niet dat hij nog iemand zou laten vallen.

'Ben je klaar om weer terug in je kooi te gaan, Bertje Erwtje?' vroeg Walter.

'JA!' piepte ik, en daar moesten de jongens op de een of andere reden hard om lachen.

Toen ik eenmaal weer in mijn kooi zat, gingen de jongens in Walters kamer spelen. Zo had ik wat tijd om na te denken. Over Walter en Tom en wat een goede vrienden ze waren. Ze deden leuk tegen elkaar en ze kwamen voor elkaar op. Martin Krene was tegen niemand vriendelijk en hij had dan ook geen vrienden.

Al mijn klasgenootjes vonden Rikker aardig, maar als ik hem aanbood zijn vriend te zijn, dan sprong hij heel onvriendelijk op me af. Vriendschap is niet zo'n eenvoudige zaak als je zou denken, peinsde ik, net voor ik in slaap viel voor mijn lange middagdutje.

***

Het was fijn, dat weekend bij Walter thuis. De presentator op tv zei dat het buiten KOUD-KOUD-KOUD was, dus

bleven de Steendonks binnen. Het gezin maakte pannen-
koeken – en dat rook goed! En ze keken tv en kropen bij
elkaar op de bank. Maar hoe gelukkig ik ook had moeten
zijn, ik maakte me zorgen over de bustocht op maandag.
Ik had een plan nodig. Misschien zelfs een beetje psychologie.

***

'Weet je zeker dat dat kereltje geen kou vat zo?' vroeg
mevrouw Steendonk toen Walter zich maandag klaar-
maakte om naar school te gaan.

'Hij heeft een bontmanteltje aan. En ik houd de deken
over hem heen,' antwoordde Walter. Ik kwam in het donker te zitten toen hij de deken over de kooi wierp.

'Dag, Ham!' riep Andy.

'Dag Andy,' piepte ik terug. Want tenslotte kun je voor
ergere dingen worden uitgescholden dan voor 'ham'.

En even later hoorde ik de remmen van de bus al gieren
toen die voor het huis van de Steendonks stopte.

'Allemaal instappen!' hoorde ik juffrouw Victoria zeggen. 'Zoek een plekje.'

'Deze kooi is te groot. Mag ik hier zitten?' vroeg Walter.

'Zie je hier nog lege stoelen?' vroeg juffrouw Victoria.
'Hup een beetje, doorlopen.'

Ik voelde me al misselijk als ik aan Krene dacht. Terwijl

Walter naar achteren liep op zoek naar een lege stoel, slingerde mijn kooi heen en weer als een schip op volle zee, en daar werd mijn maag niet beter van. Toen we eenmaal zaten begon de bus de rijden. Een stukje verderop hield hij plotseling stil en ik gleed over de vloer van mijn kooi. Au!

'Allemaal instappen!' hoorde ik juffrouw Victoria zeggen. 'Zoek een stoel, Tom.'

Tom liep naar achteren, naar waar wij zaten. 'Schuif eens op,' zei hij tegen Walter.

'Ik moet aan het gangpad zitten,' antwoordde Walter. 'De kooi past anders niet.'

Tom klauterde over Walter heen zodat hij bij het raampje kwam te zitten. Terwijl hij dat deed boog hij zich voorover en fluisterde: 'Ik zei toch dat hij er zou zijn. Hij is er altijd.'

De bus schoot naar voren en mijn kooi wiebelde zo erg dat de deken wat verschoof, zodat ik weer iets kon zien. En wat ik zag was bepaald niet prettig: Martin Krene zat naast ons.

'Hé Walter, is dat je gezicht, of heeft iemand over je heen gekotst?' Ik kon die spottende trek op zijn gezicht zien terwijl hij zich naar ons toeboog, tot maar een paar centimeter van mijn kooi.

'Is dat een kooi, Stinkteen, of is dat je portemonnee?' vroeg Krene. Hij hinnikte om zijn eigen grap die niet eens leuk was.

Het mocht dan koud zijn buiten, ik raakte aardig opge-
warmd. Rikker was al niet al te aardig, maar deze Krene
was nog erger. Ik had het hele weekend niet aan Rikker
gedacht. Nu kwam het allemaal terug: de groene huid, die
afstotelijke grijns, en de manier waarop hij op me afsprong
en me aan het schrikken bracht. Ik had het van die kikker
nog gepikt, maar van deze grote kerel zou ik het niet pik-
ken. Het was tijd om wat te doen!

Ik opende snel het slot-dat-niet-sluit, haalde diep adem
en sprong toen bij Martin Krene op schoot. 'Doe niet zo
gemeen, Krene!' gilde ik zo hard ik kon. Misschien klonk
dat als gepiep voor hem, maar het maakte wel duidelijk
wat ik vond.

'Help!' gilde Martin. 'Het zit boven op me! Een muis!'
Hij gooide zijn handen in de lucht en brulde terwijl ik
rondjes liep op zijn been. 'Help me. Kan iemand me helpen?'

De gezichten om me heen werden een waas en ik werd
duizelig. Terwijl Martin verder schreeuwde, begonnen de
andere kinderen te lachen, eerst zachtjes, toen steeds harder.

'Hij is maar een hamstertje,' hoorde ik Walter zeggen
terwijl hij me in zijn handen nam. 'Hij doet geen vlieg
kwaad.'

Ik vind het veel prettiger als ze 'hij' tegen me zeggen
dan 'het'.

'Het probeerde me te bijten!' riep Martin. Iedereen in de bus, ook Lies en de meiden uit de eerste klas, moesten lachen.

'Wat is er daar aan de hand, Martin?' vroeg juffrouw Victoria terwijl ze op de rem trapte.

'Ze – ze hebben een grote rat op me gegooid!' Hij moest bijna janken. 'Een enorme rat!'

'Ik geloof dat je beter hier achter mij kunt komen zitten,' zei de buschauffeur. 'Nu!' Ze stuurde de meiden van de bank achter haar naar achteren en Martin schuifelde naar voren.

Walter zette me terug in de kooi.

'Dank je, Bertje,' fluisterde hij. 'Ik weet niet hoe je naar buiten bent gekomen, maar ik ben er wel blij om.'

'Ik help graag een vriend,' piepte ik.

De rest van de rit gebeurde er niets. Toen juffrouw Victoria voor de Boerhaaveschool stopte, zei ze: 'Dat was de rustigste rit die ik ooit heb gehad. Van nu af aan zet ik je op de voorste bank, Martin Krene. Voorgoed.'

Martin had daar niets tegen in te brengen. Hij had veel te veel haast om de bus uit te komen. Waarschijnlijk hoorde hij wel de rest van de kinderen in de bus – en mij ook – 'hoera!' roepen.

'Geen enkele vijand kan tegen een vriend op.'

Jonathan Swift, Iers schrijver

Rijmen is je regels lijmen

Ik was trots op mezelf na dat bustochtje. Zodra ik terug was in lokaal 26, keek ik naar mijn buurman met de bolle ogen.

'Goedemorgen, Rikker,' piepte ik hem toe, in de hoop dat het lange, eenzame weekend hem in een wat vriendelijker stemming gebracht zou hebben. Hij reageerde op mijn groet met doodse stilte en een grimmige grijns. Of misschien kon hij me niet zien, want er zat een groot vel papier op de voorkant van zijn glazen bak geplakt.

En wat er op het briefje stond moet behoorlijk grappig zijn geweest, want al mijn klasgenoten waren aan het lachen. Hard.

'Goed. Wat is er zo grappig?' vroeg juf Delft.

'Rikker!' zei Nanda. Ze giechelde zo hard dat ik bang was dat ze weer de hik zou krijgen.

Juf Delft rukte het vel papier van de bak en las het. 'Help! Ik ben een prins die in een kikker is veranderd. Geef me snel een kus!'

Iemand maakte harde, smakkende geluiden, waardoor iedereen nog harder moest lachen. Juf Delft keek op van het papier. 'Dat-Heb-Ik-Gehoord-Mark. Ben jij vrijwilliger om Rikker te kussen?'

Dat vond ik een behoorlijk onsmakelijke gedachte, maar verder lachte iedereen.

'Ik geloof dat het een meisje moet zijn,' zei Mark.

Juf Delft vouwde het papier op. 'Dank je voor de grap van de dag. Je kunt nu wel ophouden met giechelen, Nanda. Laten we maar rustig aan het werk gaan. Ik ben heel benieuwd naar de gedichten die jullie hebben geschreven, maar eerst moeten we ons dictee even afhandelen. Pak een potlood en een vel papier.'

Oeps! Ik had in het weekend veel nagedacht. Maar ik was dat dictee helemaal vergeten. Juf Delft en mijn klasgenootjes wisten niet dat ik meestal mijn slaaphok inkruip met mijn opschrijfboekje en mijn potlood om daar ook het dictee te doen. Ik had nog nooit een 10 gehaald, zoals Aysel, maar dat hoopte ik wel een keer te bereiken.

Het zou een andere keer worden.

'Praktijk', 'juweel' en 'kauwen' had ik goed. Maar 'onmiddellijk'? Dacht juf Delft nu werkelijk dat iemand behalve Aysel dat goed zou schrijven? Het ziet eruit alsof ze van een ander woord nog een paar letters overhadden, en die er maar in hebben gegooid!

Daarna was het tijd voor de gedichten. 'Mark, jij hebt geloof ik zin om in het middelpunt van de belangstelling te staan vanmorgen. Jij mag als eerste.'

Mark sprong op en zei: 'Ik moet mijn gedicht op het bord schrijven.'

Juf Delft zei dat hij zijn gang kon gaan. Toen hij klaar was las hij het hardop voor.

'Het heet "Kikker". En het gaat zo:

Kaal
Is mijn
Kop
Kranig
En
Rond:
Ik ben een *kikker*
En maak je van kaal eens reusachtig,
Dan krijg je *Rikker!*'

Juf Delft glimlachte en knikte. 'Heel goed, Mark. Heel slim. Wat vinden jullie ervan, jongens?'

'Staat daar "Kranig"?' vroeg Zeg-Dat-Nog-Eens-Ghassan. 'Kikkers zijn toch niet kranig?'

Mark trok zijn neus op. 'Nou, ik vind Rikker wel kranig, al denk jij er anders over. Bovendien had ik nog een 'k' nodig voor 'kikker'.

Juf Delft vroeg de klas om Mark te helpen een ander woord met een 'k' te vinden. Ik besloot me er eens mee te bemoeien.

'Kwabbig! Kotslelijk!' gilde ik. Ik zei haast 'catastrofaal', maar dat begint niet met een 'k'.

Niemand leek me te horen. Soms wou ik dat ik zo'n harde stem had als Tom.

'Wat denken jullie van "knap",' stelde Joris voor.

'Wat denken jullie, jongens? Vinden jullie kikkers knap?' vroeg juf Delft.

De meeste leerlingen schudden hun hoofd. Sommigen gniffelden.

' "Knap lelijk" past beter bij hem,' zei Mark met een glimlach.

Daar was iedereen het wel mee eens, zeker ik.

Ik keek naar Rikker om te zien wat hij ervan dacht. Hij brulde 'Poing'. Iedereen moest lachen, zelfs juf Delft.

'Och, Rikker, wat ben je toch grappig,' zei ze.

Raar, ja. Grappig, nee. Dat is mijn bescheiden mening.

Vera zwaaide met haar vinger in de lucht. 'Rikker heeft toch geen kop. Hij heeft een hoofd.'

'Maar het moet beginnen met een "r". Dan wordt het "rooft", Vera.' Mark leek heel tevreden over zichzelf.

Vera zei: 'Dat bedoelde ik helemaal niet.'

'Daar hebben we het genoeg over gehad, Mark. Waarom werk je er nog niet wat aan?' vroeg juf Delft. Ze vroeg om de volgende vrijwilliger. Dit keer dacht Vera er zowaar aan haar vinger op te steken. Toen de juf haar de beurt gaf, stond ze op en las haar gedicht voor.

> *Ik kwam een kikker tegen.*
> *Ik zei hem goeiendag.*
> *Hij gaf mij toen zijn brede,*
> *vrolijke kikkerlach.*

> *'Ach, kikker, kom met mij naar huis.*
> *Ik hou zo van je lachje.'*
> *De kikker sprong er snel vandoor*
> *en redde zo zijn hachje.*

'Leuk gedaan, Vera,' zei juf Delft. 'Goed gerijmd. Grappig idee, van dat hachje. Nog iemand?'

Er kwamen dit keer geen vingers omhoog.

'En jij, Tabitha?' vroeg de juf. 'Wat heb jij geschreven?'

Tabitha keek BANG-BANG-BANG.

Juf Delft glimlachte zo vriendelijk als ze maar kon. 'Je hoeft niet bang te zijn. We bijten je niet, hè, jongens?'

De meeste kinderen glimlachten en schudden hun hoofden. Mark gromde als een leeuw, om grappig te doen, maar ik kon niet zien of Tabitha het hoorde.

Heel langzaam stond ze op en pakte haar papier. Met zachte stem las ze haar gedicht, alsof het één zin was, heel snel, ongeveer zo:

'Mensen-spreken-kwaad-van-beren-maar-wie-ze-eens-moeten-kennen-leren-is-Lachebekje. Die-trekt-nooit-een-nare-kop-die-eet-nooit-geen-kinderen-op-Lachebekje. Het-kan-me-niet-schelen-wat-ze-beweren-hij-is-de-liefste-van-alle-beren-Lachebekje.' Tabitha ging snel zitten en keek naar haar bank.

'Dank je, Tabitha. Dat was een mooi gedicht over een beer. Ik vond de rijmwoorden heel goed,' zei juf Delft.

Ik zag dat Tabitha haar hand in haar zak stak en haar speelgoedbeer aaide.

Ik zag ook dat Sara naar Vera keek en met haar ogen rolde. Ik kon zelfs op haar lippen lezen dat ze het woord 'baby' vormde.

'Nog meer vrijwilligers?' vroeg de juf. 'Walter?'

Walter stond op om zijn gedicht voor te lezen.

Rozen verwelken,
Kikkers zijn stoer,
In de klas zit er eentje,
Die doet geen moer.

Hij vouwde zijn papiertje op. 'Dat was het.'

Juf Delft herinnerde hem eraan dat de gedichten minstens zes regels moesten hebben en Walters gedicht had er maar vier.

Persoonlijk was ik behoorlijk van slag.

'Kikkers zijn stoer'? Wat is dat voor gedicht? Nadat *ik* Tom en Walter had geholpen tegen de Gemene Krene had Walter '*Kikkers* zijn stoer' geschreven?

We hadden geen tijd meer voor nog meer gedichten, want de bel ging en mijn klasgenoten renden naar hun jassen en handschoenen.

Tabitha nam de tijd, ze wachtte om te zien of niemand naar haar keek, en stak toen stiekem haar beer in haar zak. Aysel was ook achtergebleven en liep naar haar toe.

'Ik vond het een mooi gedicht. Heet je beer Lachebekje?' vroeg ze.

Tabitha knikte, maar zei niets. Ze wist niet hoe verlegen Aysel was en hoe moeilijk het voor haar was om zomaar naar haar toe te komen. Ik wist dat wel.

'Hij is een leuke beer,' zei Aysel. 'Kom je mee naar buiten voor de pauze?'

Tabitha knikte weer. Aysel wachtte, maar toen Tabitha zich niet verroerde, zei ze 'Ik zie je buiten wel', en rende naar de vestiaire, haar hoofd naar beneden, alsof ze zich schaamde.

Ik moet je zeggen dat Ik-Versta-Er-Geen-Woord-Van-

Aysel een van mijn favoriete vriendinnen is. Het maakte me KWAAD-KWAAD-KWAAD dat Tabitha haar zo behandelde. Ze was ongeveer net zo vriendelijk als die kikker.

Het nieuwe meisje wachtte tot verder iedereen weg was voordat ze overeind kwam om haar jas te pakken.

***

Later, toen de leerlingen voor die dag weg waren gegaan, kwam juf Bryssinckx naar lokaal 26, al helemaal ingepakt in haar jas, hoed en handschoenen.

'Ha, Suzanne. Ik ben al klaar hoor.' Ze liep naar de bak van Rikker. 'Hoe doet deze briljante leerling het?'

'Prima. Hij en Bertje kunnen het goed met elkaar vinden. Ze vallen elkaar tenminste niet lastig,' zei juf Delft.

Vallen elkaar niet lastig? Ik voelde me behoorlijk lastiggevallen toen Rikker op me afsprong.

Juf Delft trok haar jas aan. 'Laten we een kop koffie nemen voor we op weg gaan.'

'Goed idee,' antwoordde juf Bryssinckx. 'Ik weet niet hoe ik je moet bedanken dat ik mee kan rijden.'

'Waar heb je vrienden voor?' vroeg juf Delft.

Toen ze weg waren voelde ik me net zo triest als de lucht eruitzag. Wat rondrennen in mijn rad warmde mijn vacht op, maar vanbinnen voelde ik me niet warmer. Waar heb je vrienden voor? Om plezier mee te maken en te praten, om hen te helpen en dingen met hen te delen. Zo is het toch?

'Zeg, Rikker!' riep ik, en ik keek door de tralies van mijn kooi naar zijn glazen huis. 'Ik hoop dat je een beetje hebt opgelet, hier in lokaal 26.'

Ik wachtte een paar tellen om hem de kans te geven te antwoorden, maar dat deed hij natuurlijk niet. 'Ik hoop dat je gezien hebt wat een goede vrienden die kinderen voor elkaar zijn. Neem bijvoorbeeld Walter en Tom, hoe die voor elkaar opkomen. En Vera en Nanda, hoe die samen kunnen lachen. Aysel en Miranda zijn vrienden. Joris en Ghassan ook. Zou het niet fijn zijn om net als zij leuke vrienden te hebben?'

Ik verwachtte eigenlijk geen antwoord, maar dit keer hoorde ik wel wat: spetteren. Spetterdespetter. Zo wist ik tenminste dat Rikker nog leefde. Misschien luisterde hij zelfs. Ik ging door. 'Zelfs al kunnen we niet echt met elkaar praten, we zouden tenminste – ik weet het niet – een springwedstrijd kunnen houden.' Ik kreeg ineens meer ideeën. 'We zouden samen kunnen zingen. Of gezichten kunnen trekken. Misschien kun je me leren om 'Poing!' te doen.'

'Poing!'

Ik viel bijna flauw. Gaf hij werkelijk antwoord?

'Poing,' zei ik, hoewel ik niet erg kikkerig klonk. 'Poing van hetzelfde, Rikker!'

'Poing-poing!' zei Rikker.

'Nou en of... Poing!' antwoordde ik. Mijn hart bonsde ervan. Hielden we werkelijk een gesprek? 'Nou... heb je nog meer nieuwtjes?' ging ik verder.

Ik wachtte, maar kreeg geen antwoord. 'Rikker?' riep ik. 'Rikker, geef eens antwoord!'

Stilte. Dit was een heel frustrerende kikker. Ik probeerde het nog een keer, maar er kwamen geen poings meer. Zelfs geen gespetter. In het lokaal heerste een stilte als van het graf. En veel stiller kan het niet worden.

Op de een of andere manier vond ik het nog erger dat Rikker wel had geprobeerd om met me te praten maar het weer had opgegeven. Ach, Aysel had ook een volledig nieuwe taal moeten leren toen ze in dit land kwam wonen. Misschien konden Rikker en ik ook leren elkaar te begrijpen. Ik liep weer naar mijn rad en begon zo snel als ik kon rond te rennen. Ik rende tot het bijna helemaal donker was.

Eindelijk zwaaide de deur open en ging het licht aan.

'Ik ben er!' kondigde Kalil aan en hij zwaaide met zijn bezem. 'Geen applaus alstublieft.'

'HALLO-HALLO-HALLO!' riep ik. Ik was nog nooit zo blij geweest om iemand te zien.

Kalil liep snel naar mijn kooi, hij wreef over zijn armen.

'Zeg, het is koud hier. Ze zetten de verwarming 's nachts zo laag om geld uit te sparen, maar het vriest buiten. En hierbinnen vriest het ook bijna,' zei Kalil. Hij draaide zich naar Rikkers bak. 'Zeg, Rikker, hoe vergaat het jou in de wereld?'

Toen Rikker hem geen antwoord gaf, keek Kalil weer naar mij. 'Hij is van het zwijgzame type, niet? Luister eens, Bertje, vriend van me, ik heb nagedacht. Over dat idee om een betere baan te krijgen, weet je nog. Maria denkt dat ik terug naar school moet.'

Ik probeerde me Kalil in de schoolbanken voor te stellen, naast Miranda, Ghassan en Steven. Het leek me niet dat zijn benen eronder zouden passen.

'Ik zou overdag naar de universiteit kunnen gaan en 's avonds hier kunnen werken.'

De universiteit! Ik hoopte maar dat ze daar grotere stoelen hadden.

Kalil trok er een stoel bij zodat we snorhaar aan snorhaar zaten. 'Want weet je, ik ben één jaar naar de universiteit geweest. Toen mijn vader stierf moest ik snel geld verdienen. Ik dacht dat ik nog wel terug zou gaan, maar daar is het nooit van gekomen.'

'Het is nooit te laat,' piepte ik.

Kalil schudde zijn hoofd. 'Ik ben geen kind meer.' Hij stak zijn hand in zijn zak. 'Maria heeft dit inschrijfformulier voor me gehaald voor de Stadsuniversiteit, maar ik weet het nog niet.'

De Stadsuniversiteit! Daar ging Nadia de babysit ook

heen! Zij had gezegd dat de mensen daarnaartoe gingen om arts of advocaat of leraar te worden. Daar gingen de mensen naartoe om psychologie en dat soort dingen te leren en goede banen te krijgen.

'DOEN-DOEN-DOEN!' zei ik, en ik sprong in het rond.

'Maria denkt dat ik slim genoeg ben,' zei Kalil. 'Ik weet niet of ik al dat leren aankan.' Hij zuchtte en stond op.

'Ik denk dat ik maar beter het lokaal kan gaan schoonmaken, want anders heb ik helemaal geen baan meer.' Kalil stak het formulier weer in zijn zak. 'Eerst zal ik de verwarming eens wat hoger zetten.'

Goede, oude Kalil. Hij was een bedachtzame kerel. En ook een slimme kerel. Ik hoopte dat zijn vrouw hem over kon halen om weer naar school te gaan.

Ik wist niet zeker of ik dat allemaal zelf kon regelen. En ik was er behoorlijk zeker van dat Rikker me niet zou helpen.

'Een van de mooiste eigenschappen van vriendschap is begrijpen en begrepen worden.'

Seneca, Romeins toneelschrijver

RotLot

De volgende ochtend kwam Mark uit de vestiaire rennen en plakte een groot vel papier op mijn kooi. Daardoor kon ik Rikker niet zien, en dat vond ik niet zo erg.

Toen de andere leerlingen gingen zitten, begonnen ze te giechelen en te wijzen, onder leiding van Nanda natuurlijk. Juf Delft begreep er niets van, tot ze naar mijn kooi keek. Op het papier stond, HELP! IK WORD GEVANGEN GEHOUDEN IN LOKAAL 26!

'En wie is daar verantwoordelijk voor, alsof ik dat nog niet wist?' vroeg ze.

Mark stond op en maakte een buiging, terwijl iedereen

applaudisseerde. Ik deed ook mee, hoewel ik de enige was die wist dat ik nooit een gevangene kon zijn, vanwege het slot-dat-niet-sluit.

'Nu gaan we allemaal zitten,' zei juf Delft. 'En we gaan verder met poëzie.'

Iemand maakte een heel erg vies geluid en juf Delft vond dat helemaal niet leuk. 'Dat-Heb-Ik-Gehoord-Mark. En ik wil het nooit meer horen.'

***

Tijdens de rest van de week kregen we nog een heleboel andere dierengedichten te horen. De meeste gingen over kikkers. Eén ging er over een hond (van Miranda). Aysel schreef een gedicht over een prachtige vogel, een duif.

Niemand schreef iets over hamsters.

Kalil had het niet meer over de Stadsuniversiteit. En Tabitha praatte nog steeds alleen maar met Lachebekje.

Tegen het eind van de week verlangde ik naar een andere omgeving. Een rustig logeerpartijtje bij een van mijn klasgenootjes. Waar het lekker warm was en geen kikkers zaten.

'Ik weet het niet meer,' zei juf Delft aan het eind van de week. 'Wie heeft me ook weer gevraagd of hij Bertje dit weekend mee naar huis mag nemen?' Miranda's vinger schoot omhoog.

'Ja, Miranda. Ik heb het briefje van je vader gekregen. Dat is prima.'

Ik liet een angstpiepje horen. Ik denk niet dat iemand me gehoord heeft. Iedereen weet dat ik in mijn hamsterhart een speciaal plekje heb gereserveerd voor Miranda. Tenslotte heet zij Goud en ik ben een goudhamster. We hebben allebei prachtig goudkleurig haar.

Maar ik was vreselijk bang voor haar hond, Wodan. Ik was de vorige keer nauwelijks aan een vreselijk lot ontsnapt toen ik met haar mee naar huis was geweest. Zou het me dit keer weer lukken?

Toen drong het tot mij door. 'Wacht eens even! Zei u "vader"?' piepte ik. Want de vorige keer dat ik met Miranda mee naar huis was gegaan was daar alleen haar moeder geweest. En die hond, natuurlijk. En Deesje de goudvis.

Juf Delft gniffelde. 'Ik geloof dat Bertje het wel goedvindt.'

Ik moest daar de hele middag over nadenken. En jawel hoor, aan het eind van de dag kwam een lange man, meneer Goud, zijn dochter ophalen. Ik hoefde tenminste niet de bus in bij Martin Krene – dat was een meevaller! Miranda, die altijd aan alles denkt, wierp een warme deken over mijn kooi. Toen ze me naar buiten droegen, pakte juf Delft de bak van Rikker op.

'U zei toch dat Rikker de weekenden hier bleef?' zei Miranda.

Juf Delft gniffelde. 'Het is een verrassing voor mijn man. Hij vindt het altijd zo leuk als Bertje komt, dus ik dacht dat hij een weekend met Rikker misschien wel fantastisch zou vinden.'

Ik voelde me KOUD-KOUD-KOUD en we waren nog niet eens buiten! Ik dacht dat de Delfts mijn allerbeste vrienden waren. Gingen ze me nu vervangen door een kikker?

Toen we eenmaal in de auto zaten, had ik niet veel tijd meer om me zorgen te maken over de Delfts. Ik maakte me te veel zorgen over een nieuwe ontmoeting met Wodan. Ik zag zijn lebberige tong en zijn druipneus al voor me, en ik kon die slechte adem van hem alweer ruiken. Hij lag voorzeker op me te wachten in Miranda's flat.

Wat een schok was het toen de auto stilhield voor een huis, en niet voor een flatgebouw. 'Daar zijn we, Bertje,' kondigde Miranda aan. 'Je hebt het huis van mijn moeder al gezien, maar dit weekend logeren we in het huis van mijn vader.'

Een vriendelijke dame die Miranda 'Tanja' noemde begroette ons bij de deur.

'Dag schat,' zei meneer Goud, en hij kuste Tanja op haar wang. 'Dit is Bertje de hamster.'

'Wat een lieverdje,' antwoordde Tanja. 'Ik denk dat hij maar op de kamer van de meisjes moet logeren.'

'Is de woonkamer niet beter?' vroeg Miranda. 'Of op de eettafel?'

'Daar staat hij denk ik in de weg,' zei meneer Goud. 'Laten we naar jouw kamer gaan.'

In Miranda's kamer in de flat stonden een bureau, een aquarium en zaten er sterren aan het plafond. In haar kamer hier stonden twee bedden, een dressoir, een bureau en er waren geen sterren. Alles in de kamer was roze, van de muren tot de spreien tot de vloerbedekking. Een meisje dat ongeveer zo oud was als Miranda lag op een van de bedden en las een tijdschrift.

'Wat is DAT?' vroeg ze op een onprettige toon.

'Dat is Bertje. Hij is onze klassenhamster,' legde Miranda uit.

'Nou, hij mag niet op mijn kamer,' zei het meisje fel.

'Het is ook Miranda's kamer, Lot,' zei Tanja die achter ons binnenkwam. 'Zet Bertje maar op het bureau.'

Miranda deed heel lief mijn kooi open om mijn laddertje en mijn waterfles recht te hangen, die tijdens de rit scheef waren geschud.

'Mam, ik moet mijn huiswerk maken op dat bureau,' zei Lot, die ging zitten.

Hè? Tanja was de moeder van Lot, en ze was getrouwd met de vader van Miranda? Het was allemaal erg verwarrend.

'Goed, dan zetten we zijn kooi op de grond,' zei Tanja.

In een andere kamer hoorde ik een baby huilen. 'Ik moet even kijken wat Rob wil,' zei ze. Meneer Goud liep achter haar aan en Lot stond op van haar bed en deed de deur dicht.

'Hij blijft aan jouw kant van de kamer,' zei Lot tegen Miranda. 'En onthou dat hij niet over de lijn komt.'

Lot trok met haar voet een lijn midden over de roze vloerbedekking. 'Niet over de lijn. Onder geen beding.'

Miranda zuchtte. 'Ik weet het. Dat vertel je me elke keer dat ik hier ben.'

'Soms vergeet je het. En raak niets van mijn spullen aan.'

'Dat doe ik nooit,' wierp Miranda tegen.

'Je hebt de vorige keer mijn haarspeld gebruikt,' zei Lot.

'Dat was een vergissing. Hij ziet er precies zo uit als de mijne!' Heel goed dat Miranda voor zichzelf opkwam. 'Ik heb toch ook niet geklaagd toen je zonder te vragen mijn boek had geleend?'

Lot plofte weer op bed en bladerde door haar tijdschrift. 'Kom niet over de lijn,' mompelde ze.

Ik sprong in mijn rad en begon te rennen. Soms worden mensen er vrolijk van als ze me zien rennen. Lot was niet een van die mensen. Ze staarde naar me. 'O, nee, dat kreng maakt ook nog lawaai,' zei ze gemeen. 'Kun je het niet laten ophouden?'

'Bertje is geen kreng. Hij is een hamster,' zei Miranda. Wat een prachtmeid! 'Je kunt lezen in de woonkamer,' zei ze.

'Ik was hier eerst.' Lot sloeg haar tijdschrift dicht en stond op. 'Goed dan, alles om weg te komen bij jou.'

Nadat ze weg was, boog Miranda zich over mijn kooi. 'Ik had gehoopt dat ze je leuk zou vinden, Bertje. Mij vindt ze in elk geval niet leuk. Het is mijn schuld toch niet dat mijn vader met haar moeder is getrouwd? Het is mijn schuld toch niet dat ze om het andere weekend haar kamer met me moet delen?' Ze zuchtte. 'Ik heb geprobeerd om vrienden met haar te worden, maar het gaat niet. Ze is de boosaardige stiefzuster, net als in *Assepoester*.'

Miranda keek TRIEST-TRIEST-TRIEST, dus sprong ik op mijn ladder en ging daar met één poot aanhangen om haar op te vrolijken.

Ze glimlachte, dus sprong ik in mijn boom en begon van tak naar tak te zwaaien, zoals die kerel, Tarzan, die ik wel eens op tv had gezien. Daar moest Miranda om lachen.

Lot kwam terug met een zure uitdrukking op haar gezicht. Zo moet ik ook gekeken hebben toen iemand in lokaal 26 (ik probeer er nog steeds achter te komen wie het was) me een schijfje citroen had gegeven.

'Mam wil dat we helpen met eten klaarmaken. Ze moet de baby voeden.'

Ze verdween zo snel als ze gekomen was.

'Zie je wel, Bertje,' fluisterde Miranda. 'En denk eraan, niet over de lijn.'

Toen ze weg was kneep ik mijn ogen toe, maar ik kon de lijn niet meer zien. Ik kon alleen maar een zee van roze zien. Zoveel roze dat ik er haast misselijk van werd.

***

Later die avond, toen Miranda in bad zat, was ik alleen met Lot. Ik besloot te proberen om vriendelijk te doen.

'Leuke kamer heb je,' piepte ik beleefd.

Lot keerde zich naar me toe en fronste haar wenkbrauwen. 'Piepte je tegen mij?' Ze schudde haar hoofd. 'Dit is de druppel. Eerst had ik een kamer voor mezelf. Toen ging mam met *hem* trouwen en voor ik het wist had ik een stiefzus die mijn halve kamer inpikte en een klein broertje die altijd aan het janken is en nu weet niemand meer dat ik besta! Ik moet blij zijn met de hele toestand, maar mijn idee was het niet. En nu nemen ze ook nog een cavia te logeren!'

Dat was geen vreselijke belediging, want cavia's zijn hele lieve, pluizige dieren net als ik, hoewel ze natuurlijk niet zo leuk zijn. Maar goed, ik snapte wel wat Lot bedoelde. Ik vond het ook niet leuk dat Rikker in lokaal 26 was komen wonen, en het was zeker niet mijn idee! Het verschil was wel dat Miranda heel lief is. En Rikker is, nou ja, Rikker.

Miranda kwam terug en de twee meiden gingen ieder in hun eigen bed liggen.

'Welterusten, Bertje,' zei Miranda tegen mij.

Geen van beide meiden zei een woord tegen de ander.

Ik had een lange nacht voor me en omdat ik een nachtdier ben en meestal mijn slaap overdag krijg, had ik veel
tijd om na te denken.

Door wat Lot had gezegd kon ik wel beter begrijpen
waarom ze zo rottig tegen Miranda deed. Had ik nu maar
psychologie gestudeerd, zoals Nadia, dan had ik misschien
in haar hoofd kunnen kijken om uit te vinden hoe ik kon
zorgen dat ze Miranda net zo leuk ging vinden als ik.

***

De volgende ochtend maakte Miranda mijn kooi schoon,
terwijl Lot op haar bed lag te lummelen en in haar dagboek schreef.

'Wat ben je eigenlijk aan het doen?' vroeg ze aan
Miranda.

'Ik ruim het oude nestmateriaal weg en geef hem nieuw.
Ik vernieuw zijn water, dat soort dingen.'

Lot klapte haar dagboek dicht. 'Hij moet toch niet – je
weet wel – hij gaat toch niet naar de wc, hè?'

'Natuurlijk wel.'

Lot sprong van haar bed en wees naar de deur. 'Dat is
het smerigste wat ik ooit heb gehoord! Haal dat ding
meteen mijn kamer uit!'

(Ik heb al veel over mensen geleerd, maar ik begrijp nog steeds niet waarom ze altijd zo moeilijk doen over mijn kleine wc-hoekje. Ik ben eigenlijk heel netjes.)

Miranda verroerde zich niet. 'Hij staat aan mijn kant van de kamer.'

En ik stond aan Miranda's kant. Maar ik zag ook wel in dat Lot op een korte tijd een heleboel veranderingen had moeten verwerken. Het is niet makkelijk om een nieuwe kamergenoot te krijgen. Dat had ik zelf aan den lijve ondervonden. Vrienden zijn er om te helpen, dus ik vond dat het nu tijd was om iets te gaan doen.

Ik had een plan. Een plan dat gebruikmaakte van omgekeerde psychologie. Omdat het Miranda nog niet gelukt was om Lots sympathie te winnen, zou mijn plan ervoor zorgen dat ze elkaar nog minder sympathiek vonden. (Als dat nog mogelijk was.)

Goed, erg logisch was het niet, maar toen Nadia omgekeerde psychologie had gebruikt had het HEEL-HEEL-HEEL goed gewerkt.

Even later kreeg ik de kans om mijn plan uit te voeren, toen meneer Goud aankondigde dat het hele gezin naar het museum ging.

'Moeten we echt met z'n allen gaan?' vroeg Lot.

'Ja, met z'n allen. We zijn een gezin, snap je,' zei haar moeder.

Lot fronste haar wenkbrauwen. 'Zelfs de baby?'

'We nemen de wandelwagen mee,' zei Miranda's vader. 'Dat vindt hij fijn.'

Ondanks haar gemopper ging Lot mee met de rest van het gezin, en ik had al snel het hele huis voor mezelf. Voor mijn plan had ik snelheid, kracht, moed en veel tijd nodig. Het zou de moeite waard zijn... ALS het werkte.

Zodra ik zeker wist dat ze weg waren, opende ik het slot-dat-niet-sluit en rende naar Lots bed. Ik had het de hele morgen bestudeerd en dacht dat als ik me aan de sprei vastgreep, ik daaraan omhoog zou kunnen klimmen, poot over poot, als aan een touw. Ik hijgde en pufte toen ik boven kwam, maar ik had het gehaald. Boven op de sprei lag de paarsroze gestreepte pen die Lot gebruikte om in haar dagboek te schrijven. Ik gaf die een duw en hij rolde van het bed, op de vloer.

Daarna klauterde ik naar Lots nachtkastje. Daar vond ik haar roze armband waarop LOT stond in paarse en witte kralen. Die duwde ik ook op de vloer.

Het volgende onderdeel van mijn missie was leuk. Ik pakte de rand van de sprei vast en gleed heel snel OMLAAG-OMLAAG-OMLAAG!

Ik was nog lang niet klaar. Vervolgens klom ik helemaal boven op Miranda's sprei om haar gouden ring met de roze steen te pakken, die ik ook op de vloer liet vallen, samen met het rode ding dat ze soms gebruikte om haar haar naar achteren te houden. (Je verwacht toch niet dat hamsters weten hoe zoiets heet?)

Nu was ik halverwege mijn doel en het moeilijkste deel van mijn plan moest nog komen.

De hele ochtend had ik mijn ogen niet af kunnen houden van een grote bol touw op het bureau. Een lang stuk van dat touw hing tot bijna op de vloer. Ik pakte het beet en trok eraan zo hard ik kon. Er kwam steeds meer touw los, het viel op de vloer. Ik beet het door en ging aan het werk.

Ik legde een lus om de pen en de armband, hield het touw vast met mijn tanden, en klom weer op Miranda's sprei. Tjonge! Juf Delft zegt dat lichaamsbeweging goed voor je is, maar wat een werk was dat! Toen ik eenmaal op het bed zat, trok ik aan het touw, zodat ik de pen en de armband naar boven haalde. (Geloof me, voor een kleine hamster zijn die twee dingen behoorlijk zwaar!) Ik legde ze netjes op Miranda's kussen, zodat ze ze wel moest zien.

Ik was erg moe, maar kon nog geen rust nemen. Ik gleed naar de vloer, legde een lus om de ring en de haarhouder van Miranda en trok die op Lots bed. Ook bij haar legde ik ze op haar kussen.

(Ik was blij dat die dingen niet zo zwaar waren als de andere.)

Als de meisjes terug zouden komen, zou Miranda Lots spullen op haar kussen aantreffen. Lot zou Miranda's spullen op haar kussen vinden.

Ik rende terug naar mijn knusse kooi en deed het deurtje achter me dicht. Ik wilde veilig zijn als het vuurwerk begon!

'Kleine vrienden blijken soms grote vrienden te zijn.'

Aesopus, fabelschrijver

Op wacht in de nacht

Lot kwam als eerste binnen, liet zich zoals gewoonlijk op haar bed vallen en zuchtte diep.

'DAT was nog eens leuk,' zei ze. 'Vooral toen de baby ging kotsen in het restaurant.' Ik denk niet dat ze het tegen mij had, maar ik luisterde toch maar.

Eén tel later kwam Miranda binnen. 'Ha, Bertje. Heb je me gemist?' vroeg ze, en ze boog dicht over mijn kooi.

'Natuurlijk,' piepte ik.

'Ik neem aan dat je begrijpt wat hij zegt,' zei Lot zuur.

'Zo'n beetje,' zei Miranda. 'Ik denk dat hij me probeert te vertellen dat hij me gemist heeft.'

Heel goed!

Ik hield Lot goed in de gaten toen ze haar dagboek en haar pen wilde pakken. 'Waar is mijn pen?' vroeg ze. Ze keek naar haar kussen. 'Wat moet deze rotzooi hier?'

Miranda wees naar Lots bed. 'Hé, dat is mijn haarband!'

Zo heette zo'n haarding dus!

'En mijn ring!' Miranda sprong op, stapte over de denkbeeldige lijn en pakte haar spullen. 'Jij hebt die gepakt!'

Lot zag iets liggen op Miranda's kussen. 'Dat is mijn pen! Jij hebt hem gepakt! En mijn naamarmband!' Ze pakte haar spullen en keek Miranda woest aan. 'Jij pakt altijd mijn spullen.'

'Jij hebt *mijn* spullen gepakt! Ik heb die van jou nog niet eens aangeraakt,' hield Miranda vol. Ik had haar nog nooit zo kwaad gezien.

Lots gezicht werd rood. 'Waarom zou ik jouw prulring en je stomme haarband pakken? Ik heb mijn eigen ring en mijn eigen haarband!'

'Waarom zou ik jouw stomme pen en je armband met *jouw* naam erop pakken? En waarom zou ik ze op mijn kussen leggen, waar iedereen ze kan zien?' vroeg Miranda.

'Om gemeen te doen?'

'Ik ben niet gemeen!' zei Miranda. 'En vind je het niet vreemd dat mijn spullen op jouw kussen liggen en jouw spullen op mijn kussen?'

Lot dacht eventjes na. 'Alsof iemand het zo heeft bedoeld.'

'Alsof iemand wilde dat we het zouden zien,' vond Miranda ook.

Plotseling praatten ze gewoon met elkaar in plaats van ruzie te maken. Ik kruiste mijn pootjes. Dit moest werken!

Lot ging weer op haar bed zitten. 'Wie zou dat doen? Mijn moeder niet. En jouw pap ook niet.'

Miranda liet zich op haar bed vallen. 'Nou, de baby heeft het ook niet gedaan.' Ze begon te giechelen.

'Misschien heeft Bertje het gedaan,' zei Lot, en ze begon ook te giechelen.

Ik moest ook giechelen.

'Die dingen zijn niet van het ene bed naar het andere gevlogen,' zei Miranda. 'Iemand heeft ze daar met opzet neergelegd.'

'Of *iets*,' zei Lot. 'Misschien wel... een spook!'

Miranda trok bleek weg. 'Er zijn hier toch geen spoken, hè?'

'Nee,' zei Lot, en schudde haar hoofd. 'Tenminste, ik dacht altijd van niet.'

'Spoken bestaan niet,' hield de nuchtere Miranda vol. Ze klonk alsof ze zichzelf probeerde te overtuigen.

'NEE-NEE-NEE, spoken bestaan niet, alleen in verhalen,' piepte ik. Ik wist dat ik probeerde mezelf te overtuigen.

'Dat weet ik,' zei Lot. Ze opende haar dagboek en scheurde er een bladzijde uit. Ik schrijf iedereen op die dit gedaan zou kunnen hebben. Nummer één: Miranda.'

'Ik heb het niet gedaan!' protesteerde Miranda.

'Ik schrijf alleen alle mogelijkheden op. Miranda, ik, mijn moeder, je vader, Rob, Bertje. Dat zijn de enigen in huis – toch? Tenzij er een inbreker is geweest.'

De vacht op mijn rug stond rechtovereind. Inbrekers zijn nare mensen.

'Inbrekers breken ramen en stelen dingen,' zei Miranda. 'De deuren waren op slot, de ramen waren op slot en er is niets gestolen.'

'Ik schrijf het allemaal maar op. Inbreker. Spook.' Lot keek eventjes rustig naar het papier. 'Zou je zweren dat je het niet hebt gedaan?'

'Natuurlijk,' zei Miranda.

'Ik zweer ook dat ik het niet gedaan heb. Hé, wacht eens even. Misschien was het Bertje *wel!*' Lot sprong op en liep naar mijn kooi. Ze boog zich en controleerde het deurtje. 'Niks hoor. Hij kan het niet geweest zijn, want zijn deurtje zit op slot.'

Gelukkig trappen ze elke keer weer in dat slot-dat-niet-sluit.

'De enige mogelijkheid op de lijst is nog een spook,' zei ze.

'Maar dat is helemaal geen mogelijkheid,' zei Miranda.

'Ik weet het,' gaf Lot toe.

De meiden waren het zowaar ergens over eens. Dat was vooruitgang. Eerst hadden ze een hekel aan elkaar en waren ze HEEL-HEEL-HEEL kwaad, en nu waren ze al samen dingen aan het bespreken.

Na een tijdje verlieten de meiden de kamer om te gaan eten. Dit keer gingen ze samen weg. Toen ze, veel later, terugkwamen, waren ze nog steeds samen.

'Pap zei dat het nergens op sloeg,' zei Miranda.

'En mam was het met hem eens,' antwoordde Lot. 'Wat nu?'

De meiden sprongen ieder op hun eigen bed. 'Ik weet het al,' zei Lot. 'Laten we de hele nacht opblijven.'

'Waarom?'

'Om te zien of er spoken verschijnen.'

Er liep een rilling over mijn rug. Ik wist dat ik degene was die hun spullen verplaatst had. En ik wist dat ik geen spook was. Maar er liep toch een rilling over mijn rug als ik eraan dacht dat er iets ENGS-ENGS-ENGS zou kunnen verschijnen.

***

'Licht uit, dames.' Later die avond stond meneer Goud met een glimlach in de deuropening. 'Ik hoop dat jullie mooi dromen. Jij ook, Bertje.'

'Dank u wel!' piepte ik terug.

'Is iedereen goed ingestopt?' Tanja verscheen in de deuropening met Rob de baby op haar arm.

'Ja, mam.' Lot kroop onder haar dekbed en trok het goed over zich heen.

'Welterusten,' zei Miranda, die haar dekbed ook optrok.

Het licht ging uit en het was DONKER-DONKER-DONKER in de kamer, op het nachtlampje aan de muur na, dat een roze schijnsel gaf.

Een paar minuten lang waren de meiden stil. Toen fluisterde Lot: 'Ben je wakker?'

'Ja,' fluisterde Miranda terug.

'Ken jij griezelverhalen?' vroeg Lot.

Ik kende er wel een paar. Bijvoorbeeld over die keer dat Wodan de hond me bijna had opgegeten. Of de keer dat Kalil voor de eerste keer 's avonds het lokaal binnenkwam en ik dacht dat *hij* een spook was.

Miranda dacht even na en zei toen: 'Ik weet er nog één van het kamp.'

'Vertel maar,' zei Lot. 'Maar niet te hard.'

Miranda – lieve Goud-Miranda – vertelde een verhaal waar je vacht recht van overeind gaat staan, over een lifter die een spook blijkt te zijn. Ze vertelde het zo dat het nog enger was dan snuit aan snuit met Wodan staan.

'Dat was een goed verhaal,' zei Lot. 'Ik ken er ook één.'

Haar verhaal was nog enger. Het ging over een groep kinderen die elkaar uitdaagden om 's nachts het kerkhof op te gaan. Een meisje deed het, zag een vreselijk gezicht en stierf van de angst. Ik dacht aan die vreselijke grijns van Rikker en voelde me heel wankel na dat verhaal!

'Lot?' fluisterde Miranda. 'Misschien moeten we geen griezelverhalen meer vertellen. Ik voel me een beetje raar.'

'Ik ook,' zei Lot. 'Laten we stil zijn.'

En het was stil. Misschien was het een beetje al te stil voor een nachtdier zoals ik. Zonder erbij na te denken sprong ik in mijn rad voor wat lichaamsbeweging. Ik denk dat dat rad een drupje olie nodig had, want het deed *KRIEEEEEEK!*

Toen het rad kriekte, gilden de twee meiden 'AAAAAA!' In het licht van het nachtlampje kon ik hen hun bedden uit zien springen en hun armen om elkaar slaan.

Met een zwaai ging de deur open en sprong het grote licht aan.

'AAAAAA!' gilden de meiden weer.

'Ik ben het maar,' zei meneer Goud, die de kamer instormde. 'Wat is er aan de hand?'

Hij zal net zo verbaasd zijn geweest als ik dat hij daar Miranda en Lot aantrof, die elkaar omklemden alsof hun leven ervan afhing.

'We hoorden een vreselijk geluid!' zei Lot.

'Afschuwelijk,' zei Miranda.

Dat was voor mij het moment om weer in mijn rad te springen. *KRIEEEEEEK!*

Iedereen keek naar mij.

'Bedoel je dat geluid?' vroeg Miranda's vader, en hij wees op mijn kooi.

'Precies,' piepte ik.

De meiden moesten allebei giechelen.

'Het was Bertje,' zei Miranda.

'Ik dacht dat het een spook was,' zei Lot.

Meneer Goud moest ook lachen. 'Ik denk dat dit een redelijk onschuldig spook is,' zei hij. 'Nou, denken jullie dat jullie twee – of jullie drie – kunnen gaan slapen?'

Ze dachten van wel, en hij stopte de meiden in bed.

'Het is fijn om jullie te horen lachen, maar nu niet meer schreeuwen, goed?' zei hij toen hij het licht uitdeed.

De meisjes waren nog even stil en ik raakte mijn rad niet meer aan. Ik hoorde Lot fluisteren: 'Miranda, zou je vannacht niet hier bij mij willen komen slapen?'

'Ik wou je net hetzelfde vragen,' zei Miranda.

Miranda kroop bij Lot in bed.

'Ken je dat verhaal van dat spook op zolder,' fluisterde Lot.

'Vertel eens,' zei Miranda.

En dat deed ze. Zelfs als ik geen nachtdier was geweest, had ik die nacht geen oog dichtgedaan.

***

Op zondagmorgen had geen van beide meiden het nog over de ring en de armband, de pen en de haarband. Geen van beide meiden had het nog over de denkbeeldige lijn door de kamer. Ze deden hun huiswerk aan het bureau, vlechtten elkaars haar en maakten voor mij een doolhof om in te rennen.

En toen ze elkaar op maandagmorgen gedag zeiden, zei Miranda: 'Over twee weken zien we elkaar weer.'

'Geweldig!' zei Lot.

'Onder vrienden is alles gemeenschappelijk.'

Diogenes, Grieks filosoof

Nijd zonder spijt

Ik kwam op school terug met het gevoel dat ik heel wat bereikt had.

Maar toen me weer te binnen schoot waar Rikker de laatste twee dagen had doorgebracht, vond ik het moeilijk om me te concentreren op aardrijkskunde of rekenen. Ik kon niet voorkomen dat ik me ging voorstellen wat een lol Rikker had gehad bij de Delfts. Ik keek naar mijn buurman in zijn glazen bak. Met zijn vreselijke grijns leek hij wel een pompoenlantaarn. (Griezelig.)

Het was HEEL-HEEL-HEEL koud buiten, en dat betekende dat binnen de verwarming erg hoog stond. Tjonge!

Dat zal een koudbloedig amfibie waarschijnlijk niet storen, maar ik wenste dat ik mijn bontmanteltje kon uittrekken. Toen werden de krekels wakker van de warme lucht, en ze begonnen te zingen. En er was een PIEP-PIEP-PIEP dat niet van mij kwam, maar van Steven die op zijn stoel heen en weer schommelde. Het klonk als 'Jingle Bells': Piep-piep-piep... piep-piep-piep... piep-PIEP-piep-piep-piep! Van dat gepiep moest Nanda zenuwachtig giechelen, en juf Delft moest haar daarom zeggen dat ze haar mond moest houden. Ik hoopte op een beetje rust en vrede tijdens de pauze (want ik wist wel dat Rikker geen zin had in een praatje). Maar toen de pauze kwam, kondigde juf Delft aan dat de klas binnen zou blijven. Ze bracht allerlei interessante dingen binnen om mee te spelen. Ik moet toegeven, ik had wel uit mijn kooi gewild om met de rest van de klas mee te spelen.

Joris en Ghassan bouwden een hoge toren van kleine steentjes, terwijl Mark en Steven aan een puzzel bezig waren. Tom en Walter speelden een spelletje waarbij je kaarten moest neerleggen. Vera en Nanda speelden een ander spelletje, ze schoven kleine plastic poppetjes over een bord heen en weer. Sara, Aysel en Miranda gingen Tabitha vragen of ze met hen wilde spelen. Ze keek niet eens op. Ze schudde alleen haar hoofd.

'Ik weet niet waarom we nog moeite zouden doen om vriendschap met haar te sluiten,' fluisterde Sara tegen de andere meiden.

91

Aysel zuchtte droevig. Ik weet hoe ze zich voelde.

'Rikker, kun je me horen?' piepte ik. 'Ik moet je iets vragen.' Ik dacht dat hij mij misschien begreep, hoewel ik hem niet begreep.

'Zie je hoe leuk het is om met je vrienden te spelen?' vroeg ik. Het klonk waarschijnlijk als 'Piep-piep-piep', maar hij had tenminste kunnen antwoorden met 'Poing!'

Ik besloot dit keer maar eens wat harder te piepen. Ik kon mezelf nauwelijks horen boven al dat geschreeuw.

Geschreeuw?

Ik keek rond om eens te zien waar al dat kabaal vandaan kwam. Het kwam niet van Kan-Het-Wat-Zachter-Tom of Zeg-Dat-Nog-Eens-Ghassan. Het kwam van Nanda. Ze was opgehouden met giechelen en was nu aan het schreeuwen. En ze schreeuwde tegen haar beste vriendin, Vera.

'Jij speelt vals. Ik heb het gezien!' gilde ze.

'Niet waar,' zei Vera. 'Ik speel niet vals.'

'Je moet wel vals spelen. Je wint altijd. Ik speel nooit meer met je, valsspeelster,' gilde Nanda.

Juf Delft kwam snel naar hen toe. 'Meiden, rustig!'

'Ik heb niet vals gespeeld,' hield Vera vol. 'Ik ben geen valsspeelster.'

Nanda stak haar vingers in haar oren. 'Welles, valsspeelster, valsspeelster, valsspeelster!'

Iedereen in de klas hield op met spelen en keek naar de twee meiden. Juf Delft stond nu tussen hen in. 'Meiden, nu rustig en stil.'

Nanda en Vera werden rustig, maar ze keken elkaar woest aan.

'Vertel eens wat er is gebeurd, Nanda. Rustig.'

Nanda veegde een paar tranen weg. 'Ze moest haar poppetje vijf plaatsen naar voren zetten, en ze zette het zes plaatsen naar voren. Daardoor kreeg ze een extra zet, en zo heeft ze gewonnen. Ze heeft vals gespeeld!'

'Niet waar!' schreeuwde Vera. 'Ik heb maar vijf zetten gedaan!'

De juf stak haar handen omhoog. 'Stop. Ik wil dat jullie twee eerst rustig worden, voor we hierover praten. Jullie zijn zulke goede vriendinnen, we moeten dit oplossen.'

'Ze is mijn vriendin niet meer!' zei Nanda. Ze huilde nog harder.

'Gelukkig maar!' kaatste Vera terug. 'Want ik kan je niet uitstaan! Huilebalk!'

'Valsspeelster!'

Juf Delft schudde haar hoofd. 'Vera, jij gaat bij Bertje en Rikker zitten,' zei ze streng. 'Nanda, jij gaat aan mijn bureau zitten. Probeer wat te kalmeren.'

De meiden deden wat hen gezegd werd. Ik denk dat ze blij waren van elkaar weg te komen. Al snel leunde Vera tegen de tafel waarop de huizen van Rikker en mij staan.

'Huilebalk,' fluisterde ze zacht, zodat alleen wij haar konden horen.

Ik kon nauwelijks geloven dat Vera vals zou spelen tegen

haar beste vriendin. Ik kon nauwelijks geloven dat Nanda zou liegen over Vera. Ik dacht dat vrienden het altijd goed met elkaar konden vinden, wat er ook gebeurde.

'Eerst kan ze alleen maar giechelen. En nu kan ze alleen maar huilen,' mompelde Vera.

Aan het bureau van juf Delft keek Nanda naar Vera en veegde nog een paar tranen weg.

Toen de pauze bijna voorbij was, nam juf Delft de twee meiden mee naar de gang om de ruzie te bespreken. Ze kwamen weer terug en gingen rustig op hun stoelen zitten. Maar toen juf Delft met haar rug naar hen toestond, zag ik dat ze hun tong naar elkaar uitstaken. Misschien was vriendschap wel niet zo mooi als mensen altijd zeiden.

Tegen de middagpauze sneeuwde het, dus verdeelde juf Delft de klas in vier teams. Elk team moest vragen beantwoorden. Ze moesten als team beslissen wat het antwoord moest zijn. Juf Delft hield de score bij.

Ze was zo slim om Vera en Nanda in verschillende teams te zetten, zodat ze geen ruzie konden maken of gezichten konden trekken. Hun teams verloren allebei.

In het winnende team zaten Miranda, Mark, Steven en Tabitha. En tot mijn verrassing wonnen ze vanwege Tabitha!

Juf Delft stelde elk team vragen over allerlei onderwerpen: bloemen, boeken, poëzie, sport, dieren (maar tot mijn spijt niet over hamsters) en landen. Niemand wist veel van bloemen. Iedereen wist veel over dieren. Aysel was de beste in het beantwoorden van vragen over landen. (Je zou het haast niet geloven, maar er bestaat een land met de hoofdstad Tegucigalpa. Dat moest ik opschrijven.)

Maar Tabitha was het beste in het beantwoorden van vragen over sport. Ze kende voetbalteams, volleybalspelregels en golfkampioenen. De jongens waren stomverbaasd. Met het vorderen van de quiz leken er steeds meer vragen over sport bij te komen. Misschien was dat per ongeluk, maar als juf Delft er iets mee te maken heeft, dan gaan de dingen zelden per ongeluk.

Aan het einde van de pauze had Tabitha's team al veertig punten bij elkaar. Ze zouden nog hoger gescoord hebben als Mark niet had gezegd dat Waterloo een merk bronwater was. (Zelfs ik weet dat Waterloo iets met Napoleon te maken heeft.) Hij moest lachen en raakte twee punten kwijt, maar dat gaf niets. Het team dat tweede werd had maar achtentwintig punten.

'We hebben gewonnen,' gilde Steven, de leider van het team. 'Fantastisch!' Hij sloeg zijn hand tegen die van Tabitha, Miranda en Mark.

'Drie hoeratjes voor Tabitha!' zei Miranda.

'Hiep-hiep-hoera! Hiep-hiep-hoera! Hiep-hiep-hoera!' piepte ik, en ik sprong een gat in de lucht van vreugde.

Niemand noemde haar een baby. Zelfs Tabitha zelf leek blij.

Helaas waren Vera en Nanda er niets vrolijker op geworden. Toen alle aandacht op Tabitha was gericht, zag ik Nanda met haar lippen het woord 'valsspeelster' vormen zodat Vera het kon zien.

Vera stak haar tong uit naar Nanda.

Het was zo erg dat zelfs een hamster ervan zou moeten huilen. Een minder nuchtere hamster dan ik, natuurlijk.

***

'Rikker, misschien begrijp je me niet, maar als je me wel begrijpt, dan zou jij toch ook willen dat Vera en Nanda weer vriendinnen zijn? Ja toch?' vroeg ik mijn buurman toen iedereen voor die dag weer naar huis was gegaan. Ik verwachtte niet dat hij me zou begrijpen. Ik dacht gewoon hardop.

Ik was verbaasd toen ik antwoord kreeg: 'POING!'

Rikker sprong op en neer, de hele tijd maar door. Ik wist niet of hij op een punaise zat of dat hij iets had gegeten dat niet goed was gevallen.

'Rikker! Is alles in orde met je?'

'POING-POING!' zei hij. 'POING!'

Ik sprong op en keek naar hem. Ik was er vrij zeker van dat hij het met mij eens was.

'Dus wat gaan we eraan doen?' vroeg ik hem. 'Hoe kunnen we hen helpen?'

Zo plotseling als hij was begonnen hield Rikker weer op met springen en poingen. Hij zat stil als een steen, zoals gewoonlijk. Ik was ontmoedigd, en ook verbaasd. Of hij had geen goede ideeën, of hij had het opgegeven mij iets duidelijk te maken. Ik had het idee dat we allebei hadden gefaald.

Ten slotte zei ik maar weer iets. 'Ze waren toch zulke goede vrienden.'

Rikker bleef de rest van die nacht stil.

***

Uren later, toen Kalil kwam, probeerde ik nog steeds uit te vinden wat puiloogje me had proberen te vertellen. Het was een zeer vreemde kikker.

'Goedenavond, heren. Ben ik welkom op jullie feestje?' zei Kalil toen hij het licht aandeed en zijn schoonmaakkarretje lokaal 26 inreed.

'Zonder jou is het nooit feest,' zei ik tegen hem.

'Nu we het toch over feestjes hebben, Ghassan geeft binnenkort een groot feest voor zijn verjaardag.' Zeg-Dat-Nog-Eens-Ghassan Mirza was toevallig Kalils neef. 'Dat schijnt heel wat te worden.'

Omdat ik nog nooit op een feest was geweest, klonk elk verjaarsfeestje mij heel bijzonder in de oren.

'Ze hebben iemand gehuurd die wat komt doen, een

optreden of zo. Hé, jongens, kennen jullie mijn nieuwste kunstje?' vroeg Kalil, en hij greep zijn bezem.

Kalil had mij al eerder zijn talenten laten zien door zijn bezem heel lang op het puntje van zijn vinger te laten balanceren. Eén keer heeft hij hem zelfs laten balanceren op zijn hoofd.

Dit keer gooide hij zijn hoofd achterover en liet de punt van de bezem op zijn kin balanceren voor weer zo'n lange tijd. Toen de bezem uiteindelijk te ver uitzwiepte, ving Kalil hem op en maakte een diepe buiging.

'Bravo, Kalil,' piepte ik zo hard als ik kon.

'Dank je, Bertje.' Hij wierp een blik op Rikker. 'Wat is er mis, kikkertje? Hou je niet van kunstjes?'

'Het ligt niet aan jou,' zei ik zachtjes. 'Het ligt aan hem.'

Kalil haalde zijn lunch tevoorschijn en trok een stoel bij mijn kooi. 'Ach, het is maar een simpel kunstje. Tot iets nuttigs ben ik niet in staat.'

'Niet waar,' protesteerde ik.

Kalil pakte een boterham uit het zakje en begon te kauwen.

'Nee, Bertje, ik heb lang nagedacht. Hierover.' Hij haalde een papier uit zijn zak.

'Dit is het inschrijfformulier voor de Stadsuniversiteit. Als ik daarnaartoe wil, dan hoef ik het maar in te vullen. Dus ik heb mijn naam, mijn adres en dat soort dingen opgeschreven. Maar ik bleef steken bij de regel waarop ik moet invullen wat ik wil studeren,' legde hij uit. 'Ik ben al bijna van middelbare leeftijd en ik weet nog steeds niet wat ik wil worden als ik groot ben.' Kalil legde zijn boterham neer en staarde naar het formulier.

'Ik weet niet waar ik goed in ben. Ik heb erover gedacht om leraar te worden, maar ik weet het niet. Zouden kinderen me wel aardig vinden? Ben ik wel slim genoeg om echt een goede leraar te worden?'

'Ja. Word leraar! Alsjeblieft!' drong ik aan. Maar juist nu leek Kalil me niet te verstaan.

'Bovendien willen ze een aanbevelingsbrief hebben van een belangrijk iemand. Iemand die gelooft dat ik het kan,' zei Kalil.

'Ik schrijf die brief wel!' verzekerde ik hem, maar hij lette niet op me.

'Ik weet het gewoon niet.' Hij gooide zijn lunchzakje weer in het karretje. 'Denk maar niet dat ik je vergeten ben, vriendje,' zei hij tegen mij terwijl hij een stukje wortel in mijn kooi gooide.

'Heel erg bedankt!' piepte ik.

'Graag gedaan,' antwoordde Kalil.

Hij verstond tenminste het meeste wat ik zei. En ik begreep één ding: het was tijd om in actie te komen!

'Doe nooit een vriend pijn, zelfs niet voor de grap.'

Cicero, Romeins schrijver en redenaar

Een krekel en een rekel

Nadat de schoonmaker weg was, zag ik iets raars naast mijn kooi. Kalil was altijd goed in het oprapen van dingen die niet in het lokaal thuishoorden. Maar vanavond had hij iets achtergelaten: zijn inschrijfformulier voor de Stadsuniversiteit. Ik opende het goeie ouwe slot-dat-niet-sluit en glipte mijn kooi uit.

'Geen zorgen, Rikkertje van me. Ik val jou niet lastig als jij mij niet lastig valt,' stelde ik hem gerust. Misschien stelde ik mezelf wel gerust, dat hij niet weer op me af zou springen.

Het formulier was een groot stuk papier dat je kon

opvouwen. Het zat half onder mijn kooi, en het was moeilijk om te lezen wat Kalil had geschreven. Als je een kleine hamster bent dan is mensenschrift GROOT-GROOT-GROOT. Het enige licht om bij te lezen kwam van de straatlamp buiten het raam. Ik kneep mijn ogen toe en kon lezen: STUDIEGEBIED. Op de volgende regel had Kalil geschreven 'leraar' en had het weer doorgestreept.

Op de regel waarbij AANBEVELING stond, had hij niets geschreven.

Ik had al zin om mijn kleine potloodje te pakken en zelf een aardige aanbeveling te schrijven. Maar een grote universiteit zou wel niet veel geven om de mening van een kleine hamster, zelfs al is hij een klassenhamster die kan lezen en schrijven. Nee, Kalil had hulp nodig van iemand die groter en belangrijker was dan ik.

Ik wist wie die iemand was. Ik hoopte maar dat ze zou willen helpen.

Ik trok het formulier wat verder op de tafel en liet het netjes liggen tussen mijn kooi en Rikkers bak.

'Niet spetteren daar, Rikker,' waarschuwde ik mijn buurman. 'Dit formulier moet er prachtig uitzien.'

Hij spetterde de hele nacht niet. Wie weet – misschien verstond Rikker me wel, al had hij geen oren.

***

Ik kon nauwelijks wachten tot juf Delft de volgende ochtend kwam. Toen ze eindelijk binnenliep, duurde het heel lang voor ze haar jas en handschoenen had uitgetrokken en haar bureau in orde had gebracht. Ten slotte liep ze – langzaam – naar mijn kooi.

'Goedemorgen, Bertje,' zei ze glimlachend. 'Jij boft maar dat je niet door dat ijskoude weer hoeft. Jij kunt fijn in je knusse kooi blijven.'

In mijn kooi blijven? Ze moest eens weten!

Toen wendde ze zich tot Rikker. 'Goedemorgen, Rikker. Zoals je geleerd hebt hier zijn amfibieën koudbloedig, en dat betekent dat wij je warm moeten houden.'

Ze glimlachte naar Rikker en keek toen de andere kant op.

'Wacht! Stop!' riep ik, en ik sprong op en neer. 'Kijk eens naar het formulier!'

Ze keerde zich om en lachte. 'Wat is er aan de hand, Bertje? Ben je jaloers op Rikker?' Ze boog wat naar me toe. 'Je weet toch dat je mijn lievelingshamster bent? En je moet jaloezie – dat monster met groene ogen – nooit je leven laten beheersen.'

Help – een monster? Ik wilde mijn slaaphokje al induiken om te schuilen, maar toen herinnerde ik me dat jaloezie is wat je voelt als je iemand anders benijdt. Jaloezie is geen echt monster, het is een heel erg slecht gevoel. Voelde ik me daarom zo slecht als iemand aandacht aan Rikker besteedde? Ik wist het niet zeker. Want mijn ogen zijn tenslotte bruin, en niet groen. Daar dacht ik over na toen juf Delft weer wegliep.

Ik was iets HEEL-HEEL-HEEL belangrijks vergeten.

'Het formulier!' schreeuwde ik. Ik wist wel dat ze alleen gepiep hoorde, maar ik moest het toch proberen.

Juf Delft kwam weer terug naar de kooi. 'Mijn hemel, rustig maar, Bertje.'

Ik deed niet rustig. Ik begon te piepen en te springen, te springen en te piepen, omdat ik niets anders kon bedenken... behalve de kooi open te gooien en haar het formulier aan te reiken.

Maar dat kon ik niet doen, want dan zou ze het slot-dat-niet-sluit ontdekken.

'Wat is dit?' Juf Delft pakte het formulier op – hè hè – en begon het te lezen! 'Kalil moet dit hier per ongeluk hebben laten liggen. Ik zal het in zijn postvakje leggen.'

Ze vouwde het op zonder het uit te lezen.

'Zeg het haar, Rikker! Help me... help Kalil!' Ik gilde nu meer dan dat ik piepte, en tot mijn verbazing liet Rikker een vrij harde 'POING!' horen, waar ik hem heel dankbaar voor was.

'Wat hebben jullie toch? Het is een inschrijfformulier. Dat is privé.'

'POING! POING!'

'PIEP-PIEP-PIEP!'

Samen wisten we een hoop kabaal te maken, en juf Delft raakte er zowaar van slag van. Ze vouwde het formulier weer open en begon te lezen. Gelukkig maar, want ik werd al aardig schor.

'Nou, nou. Kalil wil terug naar de universiteit. Dat is een goed idee. En wat wil hij studeren?' Ze zweeg en keek nog eens iets beter. 'Hij heeft "leraar" opgeschreven, maar weer doorgehaald. Ik vraag me af waarom.'

'Vraag het hem!' schreeuwde ik met mijn laatste beetje stem.

'Ik kan Kalil beter even opbellen,' zei juf Delft.

'Ha, juf Delft!' gilde een harde stem. Dat was Kan-Het-Wat-Zachter-Tom.

Juf Delft begroette hem en vouwde het formulier weer op. Ze legde het op haar bureau en keek er de hele dag niet meer naar.

Nu kon ik alleen nog maar mijn pootjes gekruist houden, en dat deed ik.

***

Ergens die middag moet ik zijn ingedut, want ik werd wakker van een inmiddels bekend geluid. 'Sjirp!' Dat was het geluid van een krekel. Dit keer kwam het vanaf het midden van het lokaal.

'Juf Delft?' riep een stem.

'Sjirp!'

Onze juf keerde zich van het bord af, waar ze een reken-probleem op had staan schrijven. 'Ja, Mark?'

'Ik denk dat er een krekel is ontsnapt.' Mark wees naar de vloer bij zijn bank.

'Nou, raap hem dan op, wil je,' zei juf Delft.

'Sjirp! Sjirp!'

Mark boog zich en vouwde zijn handen samen, naar de vloer. 'Ik heb hem!'

'Goed. Zet hem nu terug op zijn plaats.'

Mark hief zijn handen op en zat weer recht op zijn stoel. 'Ik weet het niet, juf Delft. Misschien ontsnapt hij dan.'

Iedereen keek toe terwijl Mark opstond en naar de kast liep waar de krekels werden bewaard. Toen hij langs Vera liep, opende hij ineens zijn handen, precies boven haar hoofd. 'O, jee. Ik heb hem laten vallen. Sorry, Vera.'

Vera sprong op en begon het lokaal door te springen, ze schudde met haar hoofd en haalde haar handen door haar haar. 'Help! Haal hem weg. Haal hem weg!' gilde ze.

Iedereen lachte. Iedereen, behalve juf Delft.

'Mark Chang, zorg dat je die krekel vindt,' zei ze op strenge toon. 'Nu!'

Mark grijnsde. 'Er was helemaal geen krekel. Ik maakte dat geluid zelf.'

Vera stopte met rondspringen en staarde hem aan.

'Hoor je wel? Sjirp. Sjirp.' Mark klonk echt als een krekel. 'Tjonge, die Vera kan wel springen, zeg,' voegde hij er nog aan toe.

Nanda giechelde tot Vera haar een heel vuile blik toewierp, en legde toen snel haar hand voor haar mond om te zorgen dat ze ophield.

Juf Delft liep langzaam naar Mark. 'Jij, vriendje, zit in de problemen. Diep in de problemen,' zei ze. 'Jij blijft in de pauze hier, dan moeten wij eens praten.'

Terwijl Mark naar zijn plaats terugliep was het helemaal stil in het lokaal. Op een harde 'Sjirp!' na.

Zonder zich om te draaien, zonder naar hem te kijken zei juf Delft: 'Dat-Heb-Ik-Gehoord-Mark Chang.'

***

Ik had liever niet in Marks schoenen gestaan toen de pauze aanbrak. Ze zijn veel te groot voor me en stel je eens voor dat iemand zijn voet erin steekt! Toen de andere leerlingen eenmaal weg waren, liep juf Delft naar hem toe. Tjonge, zat die even in de problemen. Dus ik was verbaasd toen ik hoorde wat ze zei.

'Ik moet je iets bekennen. Ik vind je heel grappig, Mark. Ik moet vaak om je lachen. Misschien word je ooit nog eens de ster in een lachfilm, en dan beloof ik je dat ik vooraan zal staan in de rij voor het loket.'

Mark keek net zo verbaasd als ik me voelde.

106

'Maar...' O-o, daar kwam de terugslag. 'Er is een tijd om grappig te zijn en een manier om grappig te zijn dat gepast is. Maar er zijn momenten dat het helemaal niet gepast is. En jij moet het verschil eens gaan leren.'

Ik wachtte op een 'Sjirp', of tenminste wat verweer, maar Mark bleef stil.

'Waarom deed je net alsof je een krekel op Vera's hoofd liet vallen?' vroeg juf Delft.

Mark haalde zijn schouders op. 'Omdat het grappig was?'

'Denk je dat Vera het grappig vond?'

Mark schudde zijn hoofd.

'Ik denk dat je het hebt gedaan om aandacht te krijgen. En als dat zo is, dan is het gelukt.' Ik weet het niet zeker, maar ik geloof dat juf Delft glimlachte. 'Goed, waarom wil je zo graag aandacht?'

Mark haalde zijn schouders weer op.

'Zodat mensen je aardig vinden?'

'Misschien wel.'

'Dan heb ik goed nieuws voor je. Je hoeft geen grappen meer uit te halen. Mensen vinden je al aardig. Je bent een van de populairste leerlingen die ik heb.'

Ik weet het niet zeker, maar ik geloof dat Mark even glimlachte.

'Dus de volgende keer dat je iets grappigs wilt gaan doen, dan wil ik dat je over twee dingen nadenkt. Ten eerste: is dit echt grappig, of doe ik er iemand anders pijn mee? Ten tweede: doe ik het alleen om aandacht te krijgen? Kun je dat doen?'

'Ja, juf,' zei Mark.

'Want als je blijft doen zoals je vandaag deed, dan ben ik bang dat je een onemanshow kunt gaan opvoeren in het kantoor van meneer Elstak. En misschien vindt hij je wel helemaal niet grappig.'

Ik geloof dat meneer Elstak een goed gevoel voor humor heeft. Maar ik denk ook dat juf Delft heel goed is in het uitvinden wat er omgaat in het hoofd van mensen. Ik wil wedden dat ze op de universiteit psychologie heeft gestudeerd.

Mark was de rest van de dag rustig. Rikker en zijn krekels ook.

***

Nadat mijn klasgenootjes naar huis waren gegaan, bleef juf Delft nog iets langer in het lokaal hangen dan normaal. Ik begreep al snel waarom. Kalil kwam naar lokaal 26 om haar te spreken.

'Juf Delft, dank u voor uw telefoontje,' zei hij.

'Dank je dat je iets vroeger kon komen om te praten,' zei ze.

Het zag er een beetje raar uit, zoals ze daar op kleine leerlingenstoeltjes zaten.

'Ik hoop dat je me wilt vergeven dat ik het inschrijfformulier heb gelezen dat je hier had laten liggen. Het was mijn zaak niet,' legde ze uit.

Misschien niet, maar ik had wel gezorgd dat het haar zaak wel werd, met wat hulp van Rikker.

'Toen ik zag dat je "leraar" had opgeschreven en dat vervolgens weer had doorgekrast, dacht ik dat je daar misschien eens over zou willen praten.'

'Ja, dat zou fijn zijn,' zei Kalil. Hij was ongewoon rustig. Ik denk dat hij zenuwachtig was, want hij bleef maar aan zijn kraagje trekken. 'Ik zou graag leraar willen worden, maar ik ben een beetje... bang.'

Juf Delft luisterde terwijl Kalil vertelde over zijn angsten, dat hij niet slim genoeg en niet interessant genoeg was om een goede leraar te worden.

'Zo voelt iedereen zich,' zei ze met een warme glimlach. 'Waarom denk je dat je les zou willen geven?'

Ik was verbaasd om Kalil te horen vertellen hoeveel hij van boeken, wetenschap, geschiedenis, rekenen, leren hield... en hoeveel hij van kinderen hield! (Hij had het niet over hamsters, maar ik wist dat hij van mij hield.)

Toen hij alles verteld had, moest juf Delft hardop lachen. 'Jij kunt maar beter leraar worden, want anders word ik heel kwaad op je. Je klinkt als een geboren leraar!'

'Hoe kunt u dat zo zeker weten?' vroeg Kalil.

'Zou je het willen proberen?' vroeg juf Delft.

'Proberen... les te geven?'

'Ja. We kiezen een dag dat jij hier les komt geven over een bepaald onderwerp. Je mag om het even welk onderwerp kiezen. Dan kun je zien hoe het voelt om voor de klas te staan. Zien hoe de leerlingen op je reageren.'

Kalil stond op en liep wat rond. 'Dat is een schitterend aanbod. Dat klinkt goed. Misschien.'

'Denk er alsjeblieft over na, praat erover met je vrouw en laat het me weten,' stelde juf Delft voor. 'Maar je moet wel snel zijn. Je hebt nog maar een week om dit formulier binnen te brengen.'

'Ik doe het, ik doe het,' zei Kalil. 'Als ik half zo'n goede leraar zou kunnen worden als u, dan zou ik heel blij zijn.'

Juf Delft lachte. 'Dank je, Kalil. Maar zelfs na al die jaren heb ik nog steeds mijn slechte dagen.'

Kalil schudde haar ongeveer tien keer de hand voor hij wegging.

Juf Delft pakte haar spullen bijeen, en toen ze klaar was om te vertrekken, keerde ze zich naar Rikker en mij. 'Ik hoop dat jullie tevreden zijn, jongens,' zei ze.

Van Rikker wist ik het niet, maar je kunt me geloven, ik was BLIJ-BLIJ-BLIJ.

***

Ik was niet verbaasd dat juf Delft Kalil had geholpen. Het was precies zo gebeurd als ik het bedoeld had. Maar de volgende dag kreeg ik een grote verrassing die ik nooit had kunnen voorbereiden.

Mijn klasgenoten renden allemaal lokaal 26 uit, naar de lunchruimte. Gewoonlijk zou Stilzitten-Steven ook naar buiten zijn gerend. Maar vandaag bleef hij treuzelen.

'Kom je?' vroeg Mark ongeduldig.

'Ik zie je daar wel,' zei Steven.

Steven was de enige leerling in het lokaal, op Tabitha na, die probeerde om Lachebekje in haar zak te steken toen Steven in de buurt kwam.

Ik kon me niet voorstellen wat hij aan het doen was. Tabitha had de meiden op afstand gehouden toen ze probeerden vriendschap met haar te sluiten. En Steven was een jongen. Iedereen weet dat jongens en meiden geen vrienden kunnen zijn. Dat heb ik Joris en Ghassan tenminste horen zeggen.

'Hoe komt het dat je al die dingen over sport wist, laatst?' vroeg hij haar.

Tabitha haalde haar schouders op. 'Weet ik niet. Ik hou gewoon van sport. En ik onthoud de dingen die ik over sport hoor.'

'Ik ook,' antwoordde Steven. 'Welke sporten vind je het leukst?'

Tabitha dacht even na. 'Voetbal en wielrennen. Basketbal. Tennis.'

'Ik ook,' zei Steven.

Juf Delft stond in de deuropening. 'Komen jullie ook?'

'Direct,' zei Steven. Maar hij keerde zich weer naar Tabitha. 'Luister eens, ik moet je iets vragen. Waarom hou je die rare beer de hele tijd bij je? Daar ben je toch te oud voor?' vroeg hij.

Tabitha haalde haar schouders weer op.

'Toen ik klein was, in de eerste klas, nam ik altijd een vrachtwagentje mee naar school. Ik kon niet zonder,' vertelde Steven haar.

'Heb je dat nog?' vroeg Tabitha.

'Het ligt in mijn kast. Soms haal ik het eruit, maar ik breng het niet meer mee naar school.'

Juf Delft wachtte in de deuropening. Nu leek ze veel minder haast te hebben om te gaan lunchen.

'Ik heb Lachebekje van mijn moeder gekregen,' legde Tabitha uit. 'Mijn echte moeder. Ik heb haar al vier jaar niet meer gezien.'

'O,' zei Steven. 'Ik snap het.'

'Jullie missen je lunch nog,' zei juf Delft nog eens.

'Goed.' Steven rende de deur uit, maar Tabitha bleef zitten. Juf Delft kwam naar haar toe.

'Tabitha, ik weet dat je veel heen en weer gesleept bent. Je pleegmoeder heeft me verteld dat je de afgelopen vier jaar bij vijf pleeggezinnen hebt gewoond. Maar ze heeft me ook verteld dat ze hoopt dat je altijd bij haar blijft wonen,' zei de juf tegen haar.

Tabitha streelde Lachebekje over zijn vacht. 'Dat zeggen ze allemaal. Het werkt gewoon nooit.'

Juf Delft ging op de stoel naast Tabitha zitten, zodat hun hoofden op gelijke hoogte kwamen. 'Ik vind het niet erg om Lachebekje in de klas te hebben. Maar ik denk dat je meer vrienden zou maken als je hem thuis zou laten. Hij wacht daar dan op je. Je kunt toch nieuwe vrienden maken zonder de oude op te geven? Ken je dat liedje niet?'

Nou, juf Delft heeft me al vele malen verrast, maar toen ze begon te zingen viel ik haast van mijn ladder.

Nieuwe vrienden maken, terwijl je de oude houdt.
Het ene is zilver, het andere is goud.

Wat een prachtig liedje! En juf Delft had ook een mooie stem. Daarna was het stil, tot Tabitha vroeg: 'Wat heb je eraan om vrienden te maken als je toch niet kunt blijven?'

'Een mens kan veel vrienden hebben in zijn leven. Zelfs als je weer verhuist kan een vriend altijd een vriend blijven. In elk geval in je herinnering.'

O, ik voelde een steek ergens vlak bij mijn hart. Juf Dop was de juf die mij in lokaal 26 had gebracht. Hoewel zij vertrokken was zonder mij mee te nemen, was ze een vriendin die altijd in mijn herinnering zou blijven. Juf Dop was puur goud.

'Luister naar haar! Ze heeft gelijk!' piepte ik.

Juf Delft glimlachte. 'Het klinkt alsof Bertje ook je vriend wil zijn. Zou je hem misschien dit weekend mee naar huis willen nemen?'

'Dat moet ik mijn moeder vragen. Mijn pleegmoeder.'

'Ik zal haar meteen bellen, terwijl jij gaat lunchen,' zei de juf.

Ik moet toegeven, juf Delft is de ALLER-ALLER-ALLERbeste juf van de wereld en een vriendin van goud. En dat terwijl ze Rikker in het lokaal heeft gelaten en ons van alles over kikkers heeft geleerd.

'Van dezelfde dingen houden, dezelfde dingen haten, dat is ware vriendschap.'

Sallustus, Romeins politicus en geschiedschrijver

Een opdracht boven mijn macht

Toen Kalil die avond de vloer veegde, praatte hij aan één stuk door.

'Maria vindt dat ik het aanbod van juf Delft moet aannemen. Ik weet het niet, Bertje. Kun jij je voorstellen dat ik leraar ben?'

'JA-JA-JA!' piepte ik.

'Ik bedoel, wat zou ik die kinderen kunnen leren? Wat weet ik?'

Kalil had al heel wat avonden met me gepraat terwijl we allebei ons eten opaten. Geloof me, hij wist echt veel! Maar ik had hem nog nooit zo zien doen. Hij mompelde terwijl hij de banken op hun plaats zette. Hij mompelde terwijl hij veegde. Hij praatte in zichzelf terwijl hij ging zitten om zijn boterham op te eten.

'Natuurkunde? Rekenen? Geschiedenis? Wat zou het beste zijn?' vroeg hij.

'Als het maar niet iets met kikkers is,' piepte ik, en tot mijn verbazing reageerde Rikker met 'Poing!'

'Ik wil wedden dat ze veel van jou hebben geleerd, Bertje. Jij hebt die kinderen waarschijnlijk meer geleerd dan ik ooit zou kunnen.'

Ik was te bescheiden om 'ja' te antwoorden.

Kalil stak zijn hand in zijn lunchzakje en haalde er een stukje broccoli uit. 'Hier heb ik iets voor jou, vriendje van me.' Hij hield het omhoog en keek er eens goed naar. 'Raar hè, voor mij lijkt het klein, maar voor jou lijkt het waarschijnlijk een enorme boom!'

Het leek mij in de eerste plaats heerlijk. 'Dank je,' piepte ik.

Kalil boog zich voorover en keek eens naar me. 'Ik denk dat alles anders lijkt voor jou, hè, jongen.' Hij stak zijn vinger op. 'Ik zie gewoon een vinger, maar ik wil wedden dat jij elk lijntje en elk vouwtje in de huid ziet.'

Ik begreep niet goed waar Kalil heen wilde, maar ik piepte om het te steunen.

Kalil nam een flinke slok koffie uit zijn thermoskan. 'Natuurlijk zien geen twee mensen hetzelfde. Hoe meer je kijkt, hoe meer...'

Plotseling sprong hij op. 'Dat is het misschien, Bertje. Dit is toch interessant, dit is anders. Zoals een microscoop. Ja!'

Ik had geen idee waar hij het over had, dus kauwde ik maar bedachtzaam op mijn broccoli. (Waarom sommige mensen broccoli niet lekker vinden is mij een raadsel.)

Kalil duwde zijn schoonmaakkarretje naar buiten. 'Je brengt me altijd op de beste ideeën, Bertje! Tot later!'

Hij verdween, maar stak toen zijn hoofd nog even om de hoek van de deur.

'En jij ook, Rikker. Ik wil mijn goede kikkervriendje er niet buiten laten!'

Zo, Rikker was dus ook Kalils vriend... maar nog niet de mijne.

Ik denk dat het die mopperklomp van hiernaast niets kon schelen, want ik hoorde hem alleen maar spetteren.

***

De pleegmoeder van Tabitha zei ja. Ik zou dat weekend bij haar thuis logeren. Maar ik dacht dat ik wel niet veel aandacht van Tabitha zou krijgen, omdat ze alleen maar om Lachebekje de beer gaf.

Er waren ZOVEEL problemen in lokaal 26. Walter en Tom maakten zich nog steeds zorgen om Martin Krene. Vera en Nanda waren nog steeds KWAAD-KWAAD-

KWAAD. Miranda en Lot waren nu vriendinnen, maar zouden ze dat blijven zonder mijn hulp? Ik was zo bezig met het nadenken over al die vraagstukken, dat ik de andere vraagstukken in lokaal 26 vergat.

Rekenvraagstukken.

Ik had het grootste deel van de week tijdens rekenen zitten dromen (zitten dromen in mijn slaap en zitten dagdromen). Toen juf Delft ging herhalen voor het grote rekenproefwerk dat eraan kwam, had ik geen idee waar ze het over had!

En ik was niet de enige. Juf Delft gaf de klas een overhoring en raad eens. De helft van ons zakte.

'Dat is niet eerlijk!' kloeg Sara, terwijl verder iedereen kreunde en klaagde. Onze juf was niet tevreden.

'Goed, jongens. Deze overhoring telt niet voor jullie cijfer. Maar de rest van het schooljaar bouwt voort op deze begrippen. Jullie moeten deze vraagstukken leren beheersen,' legde ze uit. 'Ik heb een studieopdracht voorbereid voor het proefwerk van volgende week. Ik wil dat jullie die dit weekend leren.'

Je had ze eens moeten horen kreunen en steunen toen ze dat hoorden!

'Het spijt me, jongens. Dit is belangrijk, voor mij en voor jullie,' drong juf Delft aan terwijl ze de opdrachten uitdeelde. 'Zet je naam op de opdracht en geef die maandag – ingevuld en wel – terug.'

'Ik heb een onvoldoende. En jij?' fluisterde Steven tegen Tabitha.

'Bijna,' fluisterde ze terug.

'Het is tijd voor de pauze,' zei juf Delft. 'Stop jullie studieopdrachten in jullie rugzakken, zodat je die later niet vergeet.'

De papieren ritselden terwijl mijn klasgenoten hun opdrachten wegstopten.

De tweede wijzer van de grote klok ging rond. TIK-TIK-TIK. Die studieopdrachten hadden me op een idee gebracht, maar ik wist niet zeker of ik de tijd zou hebben om het uit te voeren.

Toen de bel ging, renden de leerlingen naar hun jassen en vlogen de deur uit. Juf Delft pakte wat papieren op haar bureau bijeen en haastte zich naar buiten. Soms zat ze tijdens de pauze in de lerarenkamer. Gelukkig was dit een van die dagen.

Er viel geen tijd te verliezen, dus ik gooide de deur van mijn kooi open. 'Rikker, vertel alsjeblieft niemand wat ik nu ga doen!' zei ik tegen mijn buurman.

Het is niet makkelijk om van mijn kooi op de vloer van het lokaal te komen, maar dat had ik wel onder de knie. Eerst gleed ik langs de gladde tafelpoot omlaag. Dat was niet moeilijk, maar het ging wel onprettig snel. De weg terug was een stuk ingewikkelder. Ik kon niet langs de poot omhoogglijden, dus pakte ik het koord dat van de jaloezieën omlaag hing, en klom daarlangs omhoog. Het was een gevaarlijke onderneming, altijd griezelig. Maar ik moest mijn kans grijpen, want ik had belangrijk werk te doen.

Toen ik eenmaal op de grond stond, rende ik naar de stoel van Steven. Zijn rugzak stond op de vloer. Gelukkig stak de studieopdracht er een stuk uit. Ik moest mijn poten en tanden gebruiken om hem eruit te trekken en naar Tabitha's bank te slepen.

Het papier uit de zak van haar rugzak krijgen – want dat was mijn doel – was niet makkelijk. Haar rugzak hing aan haar stoel. De zak die ik nodig had bevond zich minstens dertig centimeter boven de grond – gruwelijk hoog voor een kleine hamster.

Bij toeval hing er een lang koord aan de rits van de zak. Met het papier stevig tussen mijn tanden greep ik me vast en probeerde me uit alle macht op te trekken.

'POING!' Rikker probeerde me iets duidelijk te maken, maar wat?

Op dat moment ging de bel. Die leek een stuk harder dan gewoonlijk. Dus dat probeerde hij me duidelijk te maken! Hij probeerde me te waarschuwen dat ik gevaar liep om buiten mijn kooi betrapt te worden. Ik liep gevaar om door grote voeten vertrapt te worden. Grote voeten in vergelijking met mijn kleine lijfje, bedoel ik!

Ik liet de studieopdracht vallen en rende zo snel ik kon

naar de tafel. Er viel geen tijd te verliezen, dus ik greep het koord beet en begon heen en weer te slingeren, steeds hoger.

'POING-POING!' riep Rikker.

'Ik weet het, ik weet het!' piepte ik terug. Mijn maag buitelde door mijn buik toen ik de rand van de tafel zag. Ik ademde diep in en sprong boven op het tafelblad.

Juf Delft opende de deur en ik kon het gerommel van de voeten van mijn vriendjes al in de vestiaire horen. ALS-JEBLIEFT-ALSJEBLIEFT-ALSJEBLIEFT, dacht ik terwijl ik mijn kooi inschoot, de deur achter me dichttrok en ineenzeeg op een bergje houtwol.

Ik hield mijn adem in en wachtte af om te horen of iemand me betrapt had. Ik hoorde de voetstappen van juf Delft.

'Waarom slingert dat koord zo?' vroeg ze verbaasd. 'Dat is vreemd.'

Rikker begon in het rond te spetteren zoals ik hem nog nooit in het rond had horen spetteren. 'POING!' kwaakte hij. 'POING!'

'Rustig maar, Rikker,' zei juf Delft. 'Heb je soms honger?' Ze zei tegen Joris dat hij hem wat van zijn lekkere krekels moest voeren.

Rikker had de aandacht van juf Delft afgeleid naar zichzelf, zodat ze het koord zou vergeten. Voor het eerst wist ik vrij zeker dat de kikker tegen me praatte – dat hij me zelfs hielp. Misschien was hij vriendelijker dan ik had gedacht. Hij had me geholpen om veilig terug te komen, en dat was fantastisch, hoewel ik in mijn eigen opdracht niet was geslaagd.

Toen mijn hart weer een beetje normaal sloeg, piepte ik flink hard 'Dank je' naar Rikker, en keek naar Tabitha's bank. De studieopdracht van Steven lag nog steeds op de vloer naast haar rugzak.

Juf Delft had het de rest van de middag over iets dat ze 'hulpwerkwoorden' noemde. Toen het bijna tijd was dat de bel weer ging, herinnerde juf Delft de klas aan hun rekenopdrachten.

'Tabitha, ik geloof dat die van jou op de vloer ligt. Stop hem maar in je rugzak.

'Ja,' piepte ik. Dit was te mooi om waar te zijn. De bel ging. Steven pakte zijn rugzak en liep naar de vestiaire.

Tabitha keek niet eens naar het papier. Ze stak het zo in de zak van haar rugzak. Hoera! Ze stak ook Lachebekje in haar zak, terwijl de andere leerlingen de klas uitliepen.

Even later kwam Tabitha's moeder – haar pleegmoeder – ons ophalen voor het weekend.

Toen ik naar Rikker keek zag hij er wat triestig uit, ondanks die stomme grijns op zijn gezicht. Misschien wilde hij in het weekend ook bij onze klasgenootjes logeren. Misschien was Rikker jaloers op mij. Ik voelde me niet goed toen ik weer aan dat monster met de groene ogen dacht.

122

En ineens voelde ik me TRIEST-TRIEST-TRIEST dat ik Rikker het hele weekend alleen moest laten.

'Een vriend is wat het hart altijd nodig heeft.'
Henry Van Dyke, Amerikaans geestelijke, opvoeder en schrijver

Leren observeren

Tabitha's moeder zag eruit als een gewone moeder, ondanks dat Tabitha zei dat ze niet haar echte moeder was. Tabitha noemde haar Karen.

'Hier heb ik de hele dag naar uitgezien,' zei Karen, met een glimlach die bewees dat ze het meende. Ik vond het fijn dat ze zo enthousiast was. 'Je moet me leren hoe ik voor Bertje moet zorgen. Ik heb nog nooit een hamster gehad.'

'Het is een makkie!' piepte ik.

'Ik denk dat Bertje ons iets probeert te vertellen,' zei Karen. Wat een slimme vrouw!

Toen we eenmaal thuis waren, zette Karen mijn kooi op

tafel en maakte warme chocola. 'Hoe was het vandaag op school?' vroeg ze.

Tabitha haalde haar schouders op. 'Net als alle andere dagen.'

Ze moest eens weten.

Ze maakte haar rugzak open en trok er wat papieren uit. 'Ik heb huiswerk voor rekenen.' Ze gaf de studieopdracht aan haar moeder.

Karen bekeek het papier. 'Lieverd, dit is niet van jou. Dit is van Steven Stam.'

Tabitha pakte de opdracht. 'We hebben ze waarschijnlijk omgewisseld.' Ze keek in haar rugzak en trok daar de andere opdracht uit. 'Wacht even. Deze is van mij.' Ze liet Karen de opdracht zien waar haar eigen naam op stond.

'Is dit belangrijk?' vroeg Karen.

'Heel belangrijk,' zei Tabitha.

'HEEL-HEEL-HEEL.' Ik moest wel meepiepen.

'Steven heeft dit nodig. We kunnen hem maar beter even bellen,' zei Karen.

Het zag ernaar uit dat de dingen zouden verlopen volgens mijn plan, maar met mensen weet je het nooit zeker.

***

De volgende ochtend kwamen Steven en zijn moeder.

'Dank je voor je telefoontje,' zei mevrouw Stam. 'Steven was in paniek toen hij zijn huiswerk niet kon vinden.'

'Het kostte even tijd voor ik jullie nummer had gevonden. Ik heb uiteindelijk juf Delft maar opgebeld,' legde Karen uit.

'Het spijt me dat we elkaar niet eerder hebben ontmoet. Ik wist niet eens dat er een nieuw meisje in de klas was gekomen,' zei Stevens moeder.

Steven en zijn moeder – die heette Jeanette, heb ik ontdekt – trokken hun jassen uit en Karen maakte weer warme chocolade.

'Ik ben zo blij dat ik eens iemand uit Tabitha's klas spreek,' zei Karen.

'Is Tabitha uitgenodigd voor de verjaardag van Ghassan?' vroeg Jeanette.

Karen schudde haar hoofd.

'Ik zal zijn moeder opbellen. Ze heeft iedereen in de klas uitgenodigd, maar ik wil wedden dat zij ook nog niets over Tabitha wist. Het spijt me dat er niemand is langsgeweest om je welkom te heten. We zouden het fijn vinden als je op de klassenavonden kon komen.'

Karen schonk de dampende chocolademelk in. 'Dat zou ik graag doen. Ik zit nog niet zo lang in het moedervak.'

'Als ik het zo eens bekijk doe je het niet slecht,' zei Jeanette. De twee moeders gingen naar de woonkamer, terwijl Steven en Tabitha bij mijn kooi bleven. Lachebekje de beer lag op tafel.

'Ha, Bertje,' zei Steven.

Ik rende rond in mijn rad om hem te laten zien dat ik blij was dat hij was gekomen.

'Als Ghassan je voor zijn feest uitnodigt, kom je dan?' vroeg hij Tabitha.

'Dat weet ik nog niet,' zei ze. 'Misschien wel.'

Steven wreef over zijn neus. 'Nou, als je komt, kun je Lachebekje dan voor één keer thuislaten?'

Tabitha keek heel verbaasd. 'Waarom?'

Steven zuchtte. 'Nou, ik weet wel dat je niet raar bent, maar de andere kinderen denken van wel, vanwege die beer. Als je hem thuis zou kunnen laten, dan zouden zij ook weten dat je – je weet wel – gewoon bent, net als zij. Dan zouden ze je leuker vinden.'

Tabitha dacht daar even over na. 'Ga jij ernaartoe?'

'Natuurlijk. Ghassan zegt dat hij voor een verrassing zorgt!'

Tabitha fronste haar wenkbrauwen. 'Ik houd niet van verrassingen.'

'Maar dit wordt een leuke verrassing. Een fantastische verrassing,' zei Steven.

Tabitha gaf niet meteen antwoord. 'Goed. Als jij er ook bent, dan kom ik. En dan laat ik Lachebekje thuis.'

Steven leek opgelucht. 'Prachtig.'

Ze keken hoe ik in mijn rad rende en hadden het over het rekenproefwerk. Na een tijdje zei Tabitha: 'Er is voetballen op tv. Wil je het zien?'

De twee kinderen renden de kamer uit en ik zag ze de rest van de middag niet meer terug. Jeanette ging naar huis, maar Steven bleef nog en ze kwam hem later ophalen. Het kon me niet schelen, want ik maakte me geen zorgen meer.

Tabitha liet Lachebekje op de tafel naast mijn kooi liggen. Hij leek nog meer te lachen dan anders.

Het leek erop dat er een mooie, blinkende, zilveren vriendschap was begonnen.

***

Ik voelde me het hele weekend warm van binnen, vooral toen Steven zondagavond Tabitha opbelde om haar een paar dingen te vragen over rekenen.

Maar maandag was het KOUD-KOUD-KOUD. IJs- en ijskoud.

Het was nog kouder als je in de buurt van Vera en Nanda stond. Nanda giechelde bijna nooit meer, zelfs niet als ze niet in de buurt van Vera was.

Daarna werd het dinsdag, de dag van het grote rekenproefwerk. Het was waarschijnlijk de stilste dag van het jaar, want mijn klasgenoten namen dat proefwerk heel serieus. Mark kreunde een paar keer tijdens het proefwerk. Steven stond drie keer op om zijn potlood te slijpen. Iedereen was blij dat het voorbij was. Vooral ik.

Kalil was die avond ook buitengewoon stil. In plaats van met mij te praten terwijl hij at, gebruikte hij zijn tijd om van alles op te schrijven in een groot schrift. Soms hield hij even op en keek dan naar mij, en dan schreef hij weer door.

Op donderdag begon het te sneeuwen. Toen de leerlingen de klas in kwamen, waren ze allemaal ingepakt in dikke mutsen en sjaals en ze hadden allemaal een rode neus. (Ik moet tot mijn spijt zeggen dat een paar van die neuzen nogal snotterig waren.)

Nadat de les was begonnen, wreef juf Delft in haar handen alsof ze het nog steeds koud had. 'Ik ben klaar met het nakijken van jullie rekenproefwerken,' kondigde ze aan. 'Alle cijfers zijn omhooggegaan. De meeste een flink stuk. Ik weet dat jullie er hard op hebben gewerkt en ik ben trots op jullie. Nu kunnen we verder met de voorbereidingen van het poëziefestival.'

Toen ze de proefwerken teruggaf, klonken er dit keer zuchten van opluchting, en niet één kreun.

'Nu heb ik een grote verrassing voor jullie. Vandaag hebben we een gastleraar.'

'Is dat zoals een plaatsvervanger?' vroeg Vera. Juf Delft herinnerde haar er natuurlijk aan dat ze haar vinger moest opsteken.

'Nee. Hij komt jullie maar één les geven. En veel van jullie kennen hem al. Het is Kalil al-Kateb.'

'Bedoelt u mijn oom Kalil?' vroeg Ghassan.

'Ja, jouw oom – meester al-Kateb,' zei juf Delft.

En hij stond al in de deuropening. Kalil was meester al-Kateb geworden. Hij had een wit overhemd aan, een rood vest, een donkere broek en een das met een Schots patroon. Hij zag er bijna net zo voornaam uit als meneer Elstak, en zijn schoonmaakkarretje was nergens te zien.

Juf Delft heette hem welkom. 'Dank u, juf Jelft... duft Fjelf... Juf Delft,' stotterde Kalil. Buiten was het misschien koud, maar Kalil zweette. Ik was zelf ook wel zenuwachtig.

Hij richtte zich tot de leerlingen en zei: 'Dag jongens. Ik ben vaak in dit lokaal als jullie hier niet zijn, dus het is erg leuk om eens een keer echte mensen op deze stoelen te zien zitten. En ze zijn niet eens onknap, moet ik zeggen.'

Een paar leerlingen moesten giechelen en Kalil werd iets rustiger.

'Ik was een paar avonden geleden met mijn vriendje Bertje aan het praten en toen ben ik gaan nadenken over hoe de wereld er voor hem moet uitzien. Kijk eens, hij zit hier, als klein diertje, in een lokaal met grotere dieren – dat zijn jullie namelijk!'

Toen iedereen moest lachen werd Kalil nog rustiger.

'Goed, Bertje gaf me dus een leuk idee over iets dat we vandaag kunnen uitproberen.'

Wie, ik? Ai, dat wist ik niet.

Kalil hield een potlood omhoog. 'Kan iemand me vertellen wat dit is?'

'Een potlood!' antwoordde Vera.

'Ho, ho. Vinger omhoog, graag,' zei Kalil.

Vera stak haar vinger omhoog.'

'Juist, mevrouw,' zei Kalil.

Ik was onder de indruk. Juf Delft noemde nooit iemand 'mevrouw'.

'Het is een potlood,' zei Vera.

'Echt? Wat denk jij?' Kalil wees naar Opletten-Joris, die naar het plafond staarde.

'Wie? Ik? Wat?'

Kalil liep op Joris toe, met het potlood in zijn hand. 'Ik vroeg u, meneer, wat dit is?'

Juf Delft noemde ook nooit iemand 'meneer'.

'Een potlood?' vroeg Joris.

Kalil keek eventjes naar het potlood. 'Ik denk dat je gelijk hebt. Maar hoe ziet dit eruit voor Bertje?' vroeg Kalil.

Om je de waarheid te zeggen, ik vond ook dat het een potlood leek, maar dat was duidelijk niet het antwoord dat Kalil wilde horen.

Hij liep naar mijn kooi en hield het potlood vlak voor me, heel dichtbij. 'Wat denken jullie dat Bertje nu ziet?'

De klas was een paar seconden heel stil, vóór er vingers omhooggingen. Zelfs Vera dacht eraan om haar vinger op te steken.

Dit keer gaf Kalil de beurt aan Mark.

'Waarschijnlijk ziet hij een grote gele streep,' zei hij.

'Ik denk dat je gelijk hebt. En wat denk jij?' Kalil wees naar Aysel.

'Misschien iets met nerven. Een gele boomstam,' antwoordde zij.

'Ja. Als je goed kijkt, dan kun je de structuur zien.' Kalil keerde zich naar mij. 'Klopt dat, Bertje?'

'Wat je maar zegt, Kalil,' piepte ik.

Daar moest Nanda van giechelen, tot ze de blik van Vera zag. Vera trok een vies gezicht naar haar en Nanda keek weer ernstig.

'Vandaag gaan we de wereld dus bekijken zoals Bertje hem ziet. Zijn jullie er klaar voor?'

Mijn klasgenootjes lachten en knikten. Kalil maakte een aktetas open – dat had ik hem nog nooit zien doen – en pakte er een envelop uit vol met kleine vierkantjes die in het midden een uitsparing hadden, als fotolijstjes.

'Deze vierkantjes gaan ons helpen om de dingen van wat dichterbij te bekijken.'

Kalil moet veel tijd besteed hebben aan het uitknippen van die vierkantjes van een paar centimeter. Hij gaf er één aan elke leerling. Daarna haalde hij van allerlei dingen uit zijn aktetas en legde die op het bureau van juf Delft. Gekleurde bladeren, stukjes sla, tomaat en broccoli, citroenschil, uienschil, dik papier, een paarse vogelveer, stukjes brood – heel veel interessante en lekkere dingen.

'Ik wil dat jullie wat jullie zien tekenen met kleurpotloden, en een paar vragen beantwoorden,' zei Kalil. 'Goed, jullie kunnen nu gaan onderzoeken.'

Al snel liepen mijn vriendjes door het lokaal, ze bekeken alles door hun lijstje. Ze waren zo DRUK-DRUK-DRUK dat niemand meneer Elstak zag binnenkomen. Hij en juf Delft keken allebei naar Kalil. Ze knikten en ze glimlachten.

De kinderen glimlachten ook.

'O, dit moet je eens zien!' schreeuwde Tom toen hij zijn handschoen door zijn lijstje bekeek.

Ik was de enige die zag dat Aysel naar Tabitha liep en haar vroeg of ze Lachebekje even mocht lenen om zijn vacht te bekijken.

'Hij is niet hier,' antwoordde Tabitha. 'Hij is thuis.'

Je had me omver kunnen duwen met een paarse veer!

Terwijl mijn vriendjes de wereld op een andere manier bekeken, keek ik naar Rikker. Hoe zou hij de wereld bekijken? Die rare ogen van hem keken in twee verschillende richtingen. Misschien zag ik er wel uit als twee hamsters. Of als een veel grotere hamster dan ik ben. Misschien sprong hij daarom wel op me af, die eerste avond. Door een lijstje kijken was niet genoeg om Rikker te leren kennen.

Na een tijdje vroeg Kalil de kinderen om weer op hun plaats te gaan zitten.

'Wat hebben jullie gezien?' vroeg hij hen.

Ze konden haast niet wachten om hem hun ontdekkingen te vertellen. Tom zei dat er in zijn handschoenen een miljoen kleine vierkantjes zaten waar de draden van de stof elkaar kruisten. In het groene blad van Joris zat heel veel geel en het leek dan wel glad, maar als je er dichtbij kwam, dan zag je dat er overal rimpels in zaten. In de groene huid van Rikker zaten zwarte vlekjes. Volgens Sara was mijn mooie bruine vacht eigenlijk bruin met wit en geel!

'En wat hebben jullie geleerd?' vroeg Kalil.

Nanda stak haar vinger op. 'Dat de dingen er heel anders uitzien als je ze van dichtbij bekijkt.'

Kalil glimlachte breed. 'Heel goed! Jullie hebben geleerd om te *observeren.*' Dat woord schreef hij op het bord. 'Observatie, dat is wat wetenschappers doen. Soms gebruiken ze microscopen of telescopen om beter te kunnen kijken. Hoe meer je observeert, hoe meer je leert. Vandaag hebben jullie een eerste stap gezet om wetenschapper te worden.'

Tjonge, ik wist niet dat ik in een klas vol met wetenschappers zat!

De bel voor de pauze ging. Terwijl ze wegrenden om hun jassen te pakken, bedankten mijn klasgenoten één voor één Kalil. Ten slotte was er niemand meer over dan Kalil, juf Delft en meneer Elstak.

'Heel goed gedaan,' zei juf Delft. 'Ik zou willen dat je terug kon komen om ze ook zo enthousiast te maken voor rekenen.'

'En ga je nu dat inschrijfformulier insturen?' vroeg het schoolhoofd.

Kalil knikte. 'Ik ga het doen.'

'Ik zou graag iets aan dat formulier toevoegen. Een aanbevelingsbrief,' zei juf Delft.

Ik dacht dat Kalil ging flauwvallen. 'Zou u dat willen doen?'

'Ik zou het een eer vinden als ik er ook een mocht schrijven,' zei meneer Elstak.

'Ik kan u niet genoeg bedanken,' zei Kalil.

'Doe me een plezier,' zei het schoolhoofd nog. 'Als je afstudeert en klaar bent om met lesgeven te beginnen, kom dan eerst naar de Boerhaaveschool.'

Kalil schudde hem de hand. 'Ik zou nergens anders heen willen,' zei hij.

Tjonge! Dat was een hele opluchting. Ik was zo TRIEST-TRIEST-TRIEST toen juf Dop naar Brazilië vertrok. Ik zou nog triester zijn als Kalil ook wegging.

'Zeg me wie uw vrienden zijn en ik zal u zeggen wie u bent.'

Assyrisch spreekwoord

Feestbeest

Die week werd er heel wat afgekletst over Ghassans aan-staande verjaardagsfeest. Van al die opwinding kreeg ik krullen in mijn staart en kloppingen in mijn hart. Wat was de grote verrassing waar Ghassan het de hele tijd over had?

Vrijdag kondigde juf Delft aan dat Ghassan me dat weekend mee zou nemen naar huis.

'Hoera! Bertje komt ook op het feest,' riep Tom.

Ik was nog nooit naar een feest buiten lokaal 26 geweest. Ik was dolblij, sprong in mijn rad en rende rond zo snel ik kon.

'POING!' kwaakte Rikker.

O jee! Ineens besefte ik dat Rikker niet voor het feest was uitgenodigd.

'En Rikker?' vroeg Ghassan. 'Mag hij ook komen?'

Juf Delft schudde haar hoofd. 'Ik geloof dat je al meer dan genoeg aan je hoofd hebt. En bovendien, ik neem Rikker mee naar huis. Mijn man is een verrassing voor hem aan het maken.'

'PIEP!' schreeuwde ik. Het was er zomaar uit. Was meneer Delft, die ik sinds Kerstmis niet meer gezien had, een verrassing voor die kikker aan het maken? Ik kon dat monster met de groene ogen weer in me voelen. Ik was jaloers op een grote klomp met een griezelige grijns en ik was niet trots op mezelf.

***

Tegen de tijd dat zijn moeder ons van school kwam ophalen, hinkte Ghassan van zijn ene voet op de andere, als een kikker. 'We gaan naar het feest, Bertje!' riep hij.

'Probeer eens wat rustiger te doen, Ghassan,' zei mevrouw Mirza toen we de auto instapten. 'Als je wilt dat het feest doorgaat, dan moet je rustiger worden.'

In het huis van de Mirza's was het die avond een drukte van belang. Ten eerste waren er daar zoveel tantes, ooms, oma's en opa's dat ik hen niet meer uit elkaar kon houden.

Iedereen was bezig, versjouwde stoelen, hing versieringen op in de kelder of was druk in de keuken, met koken. Maar hoe druk ze ook waren, ze maakten allemaal tijd om even 'Dag Bertje' te zeggen. Of 'Is het geen schatje?'

Oom Kalil en zijn vrouw Maria kwamen ook helpen. Toen Kalil aankondigde dat hij weer naar de universiteit ging, sloegen zijn familieleden hem op de rug en zeiden 'Fantastisch plan!' Ze waren net zo BLIJ-BLIJ-BLIJ als ik was.

***

Op zaterdagmorgen was er nog meer drukte. Ghassans familie rende de trappen op en af om het feest voor te bereiden. Kalil en Maria kwamen weer helpen. Vroeg in de middag zette Kalil een hoge hoed op en pakte mijn kooi.

'Nou, Bertje. Tijd voor ons om naar het feest te gaan!'

Hij droeg mijn kooi naar de kelder.

Wat ik daar allemaal zag! Het plafond was bedekt met ballonnen van elke kleur. Langs de wanden stonden felgekleurde hokjes, gemaakt van grote kartonnen dozen. Om een groot podium heen stond een cirkel stoelen. Er speelde vrolijke circusmuziek en ik kon de drop en de limonade al ruiken.

Kalil zette mijn kooi op een grote tafel en zei: 'Welkom

op Ghassans Knotsgekke Carnaval! Kom maar binnen, iedereen!'

En al snel kwamen mijn vriendjes uit lokaal 26 de trap af. Nanda en Vera (natuurlijk niet samen), Mark, Walter, Sara, Aysel, Tom en Joris, Steven en Tabitha.

Meteen toen Aysel Tabitha zag binnenkomen, rende ze op haar af om haar te begroeten. 'O, ik ben zo blij dat je bent gekomen!' zei ze.

Toen kwam Martin de trap af. Martin? Ik knipperde met mijn ogen en keek nog eens. Ja zeker, Martin Krene, die HELE GEMENE, stond daar in Ghassans kelder.

'Ik moest hem uitnodigen van mijn moeder,' hoorde ik Ghassan tegen Walter zeggen. 'Hij zit bij mij op voetbal.'

De kinderen zetten allemaal prachtig ingepakte cadeaus op een tafel. Toen zei Kalil: 'Kom maar hierheen, dan kun je de ongelofelijkste spellen ter wereld spelen!'

In elk van de hokjes langs de wand kon je iets anders doen. Ghassans vader had een hokje gemaakt waarin de kinderen ringen konden gooien om lege colaflessen. Als je drie ringen om de flessen had gegooid, dan kreeg je een roze bonnetje.

In het hokje van neef Abdel kon je een spel spelen waarbij je een kleine basketbal door een hoepel moest gooien. Je kreeg een roze bonnetje voor elke keer dat het je lukte.

Het dichtst bij mij stond het hokje van Maria. Zij had een gebloemde sjaal om haar hoofd en een grote glazen bol voor haar neus. 'Kom hierheen, Madame Maria zal je je toekomst voorspellen,' riep ze naar de menigte.

Madame Maria vertelde Sara dat ze in de toekomst 'veel drop' zou eten. (Ik denk dat die voorspelling al is uitgekomen.) Daarna vertelde Maria aan Mark dat hij in de toekomst veel lol zou hebben. Mark heeft altijd veel lol.

Er was zoveel kabaal in de kelder van Ghassan dat ik even in de verleiding kwam in mijn slaaphuisje te kruipen om wat rust te vinden. Maar ik wilde niets van alle pret mislopen.

Toen – ooo – zag ik iemand die geen pret had. Vera ter Muren was net op weg naar het basketbalhokje toen Grote Gemene Krene voor haar ging staan, zodat ze er niet door kon. Ze ging naar rechts om langs hem heen te komen. Martin ging naar links. Hij liet haar er niet door.

'Waarom heb je zo'n haast?' vroeg hij haar met een gemene stem.

Vera ging naar links om langs hem heen te komen. Martin ging naar rechts.

'Zeg het toverwoord maar,' zei Martin.

'Alsjeblieft,' zei Vera zachtjes.

'Ik kan je niet verstaan!'

'Alsjeblieft!' zei Vera nu veel harder.

Martin lachte haar uit. 'Dat is het toverwoord niet. Raad nog maar een keer.'

Vera probeerde nog een keer langs hem heen te komen

en weer hield hij haar tegen. Ze huilde bijna. Martin gedroeg zich werkelijk onuitpiepbaar gemeen!

'Laat haar erdoor!' gilde ik. Niet dat iemand in al dat gedoe een kleine hamster kon horen.

Ineens verscheen Nanda uit het niets. 'Hou op, Martin!' zei ze en ze duwde hem weg. Ze pakte Vera's hand en trok haar mee naar het toekomstvoorspellingshokje. 'Kom mee, Vera.'

Martin bleef daar staan met open mond. Ik kon zelf nauwelijks geloven wat ik gezien had. Ten eerste dacht ik dat Nanda kwaad was op Vera. Ten tweede had nog nooit een jonger kind gedurfd om Martin weg te duwen. Vooral niet een meisje. Nanda is veel sterker dan ze eruitziet.

'Joehoe, dames. Hier kunnen jullie je toekomst horen! Laat Madame Maria jullie eens vertellen wat de toekomst zal brengen!'

Vera en Nanda keken elkaar aan.

'Kom maar binnen,' riep Maria naar hen.

De twee meiden repten zich naar haar hokje en gingen zitten terwijl Maria in de glazen bol keek.

'Jullie blijven altijd de beste vrienden,' voorspelde Maria. Hoera! Vera en Nanda leken blij met hun toekomst. Toen ze wegliepen hoorde ik Nanda zeggen: 'Het spijt me dat ik je een valsspeelster heb genoemd. Dat was fout.'

'Het spijt mij dat ik je een huilebalk heb genoemd,' zei Vera.

Ze leken niet te weten wat ze verder moesten zeggen, tot Sara naar hen toe kwam gelopen en vroeg of zij al hadden geprobeerd ringen te gooien. Ze renden met z'n drieën naar het hokje. Die goede oude vriendinnen, Vera en Nanda, waren eindelijk weer bij elkaar.

Intussen leek Martin wat in de war van het incident. Hij stond bewegingloos te kijken naar de andere feestgangers die met elkaar optrokken en samen plezier maakten. Ik denk dat Kalil hem had gezien, want hij liep op hem toe en zei: 'Als je iets te doen zoekt, dan kan ik wel iemand gebruiken die me helpt de prijzen uit te delen.'

Martin gaf geen antwoord.

'Of zou je liever met je vrienden plezier maken? Je hebt toch wel vrienden, hè Martin?'

Martin stond stil als een standbeeld naar Kalil te kijken.

'Weet je, Martin, als je eens zou ophouden iedereen lastig te vallen, dan zouden mensen je misschien aardig gaan vinden. Waarom kom je dus niet hier iets leuks doen, zoals prijzen uitdelen?'

Kalil wachtte niet op antwoord. Hij legde zijn hand op Martins schouder en trok hem mee naar het prijzenhokje.

Intussen stonden Ghassan en Steven Tabitha aan te moedigen die al drie keer de bal door de hoepel had gegooid. Lachebekje de beer was nergens te bekennen.

Nadat Miranda en Aysel elk een handvol roze bonne-

142

tjes hadden verdiend liepen ze naar het prijzenhok. Maar toen ze Martin daar zagen staan, hielden ze halverwege stil.

'Ik ga er niet in als *hij* daar staat,' zei Miranda. 'Hij wil waarschijnlijk mijn bonnetjes stelen.'

Tom en Joris stonden al in het prijzenhokje en probeerden te kiezen uit de prijzenverzameling: kleine puzzels, pingpongbatjes, grappige kartonnen brillen waarop ogen stonden geschilderd, en nog veel meer. Kalil en Martin stonden achter de prijzentafel.

'Schiet eens op en kies wat,' zei Martin met een norse stem. Hij probeerde Tom zo'n brilletje in de hand te stoppen. 'Doorlopen.'

Kalil stootte Martin aan. 'Geef hem de kans om zelf te kiezen wat hij wil, Martin,' stelde hij voor. 'Wat denk je van een treinfluitje?' vroeg hij, en hij hield een grote houten fluit in de vorm van een trein op.

'Misschien,' zei Tom.

'Een pingpongbatje komt altijd van pas,' zei Joris. 'Ik neem dit.'

'Goed gekozen,' mompelde Martin.

'Ik neem de fluit,' besloot Tom. 'Dank je.'

'Graag gedaan.' Dat klonk vreemd uit de mond van Gemene Martin Krene.

Mark rende naar het prijzenhokje met een handvol bonnetjes.

'Kijk aan, daar hebben we Mark de har–' Martin hield zich in voor hij de zin had afgemaakt.

'Mark de basketbalkoning!' zei Kalil. 'Kies maar een prijs.'

Mark had genoeg bonnetjes om een bloem met een bol eronder te krijgen waarmee je water kon spuiten.

'Goed gekozen,' zei Martin. Zijn stem klonk anders. Ik denk dat hij er niet aan gewend was om aardige dingen te zeggen.

Eindelijk kwamen ook Aysel en Miranda, die naar Martin hadden staan kijken, naar voren met hun bonnetjes in hun handen.

'Dames, kom jullie prijzen maar ophalen,' zei Kalil. 'Martin zal jullie helpen. Hij vindt het fijn om te helpen. Zo is het toch, Martin?'

'Hier zijn wat sleutelhangers,' zei Martin tegen de meiden die wat zenuwachtig naar voren stapten. 'Of misschien willen jullie liever dit Tik-tak-tok-spelletje?'

Miranda en Aysel waren duidelijk verrast dat Martin zich gedroeg zoals een mens zich hoort te gedragen, maar ze gaven hem hun bonnetjes.

'Dank je, Martin,' zei Miranda, die een sleutelhanger had gekozen.

Kalil grijnsde. Martin ook.

Iedereen had zo'n plezier, dat ik bijna het slot-dat-niet-sluit had opengemaakt om mee te kunnen doen.

Net toen ik daarover dacht, blies Kalil op een fluitje en vroeg iedereen om naar de 'middenkring' te komen voor de hoofdvoorstelling.

Terwijl ik toekeek hoe mijn klasgenootjes naar hun stoelen renden, besefte ik dat ik werkelijk een schitterend hamsterzicht had op het midden van de kring. Het bleek toch niet nodig om te ontsnappen.

Toen iedereen eenmaal zat, ging Kalil op het podium staan en zwaaide theatraal met zijn hoed. 'Hooggeëerd publiek, maak u klaar om u te laten betoveren door de enige, de echte, Giel de Gigantische Goochelaar!

Giel de Gigantische Goochelaar bleek een lange, magere man te zijn met een hoge hoed op. Zijn lange blonde haar kwam tot op zijn schouders. Hij had een zwart jasje aan dat hem te groot was en een rood-wit gestreept T-shirt en hij droeg een grote bril met een rood montuur.

Kalil klapte en de rest van het publiek begon ook te klappen. Giel de Goochelaar droeg in zijn ene hand een tafeltje en in zijn andere hand een koffer. Hij zette de koffer op het tafeltje en trok er een lange, zwarte toverstok uit.

Nu begreep ik het. Giel de Gigantische Googelaar kon toveren! Ik had wel meer van goocheloptredens gehoord, maar ik had er nog nooit een gezien. Mijn snorharen trilden van opwinding en het optreden begon.

Hij praatte de hele tijd door tijdens het vertonen van

zijn kunsten. KLEP-KLEP-KLEP! Hij begon met een kaart-truc. Hij haalde Tom uit het publiek en vroeg hem om een kaart te trekken, te onthouden welke het was en hem terug te stoppen tussen de andere. De tovenaar schudde de kaarten en vroeg Tom om nog een kaart te trekken. De kaart die Tom de tweede keer trok was PRECIES dezelfde die hij de eerste keer had getrokken!

'Denk je dat het een vals pak kaarten is?' vroeg de goo-chelaar.

'Ja,' zei Tom.

Dus riep Giel de Goochelaar Tabitha uit het publiek. Hij vroeg aan haar en Tom om het pak kaarten te contro-leren, om te zien of alles normaal was. En dat was het! Toen moest Tabitha een kaart trekken en die onthouden. Giel schudde de kaarten nog eens goed. Toen Tabitha nog een kaart trok uit het pak – je zult het nooit geloven – was het weer precies dezelfde kaart die ze eerst getrokken had.

Iedereen klapte, behalve ik. Ik vond die kerel een beetje al te slim. Ik besloot hem eens goed in de gaten te houden.

Giel de Goochelaar vroeg of hij van iemand een munt mocht lenen. Martin bood hem er een van twintig cent aan die hij in zijn zak had. Kun je het je voorstellen, een volwassene die een muntje van een kind afneemt!

Giel rolde het muntje in een zakdoek, voor onze ogen. Hij schudde de zakdoek uit, maar de munt van twintig cent was verdwenen. Martin beet op zijn tanden. Iemand had Giel de Goochelaar moeten waarschuwen dat hij Gemene Krene niet kwaad moest maken.

De tovenaar leunde voorover en vroeg: 'Wat zit er in je oor?' Hij stak zijn hand uit naar Martins oor en haalde de twintig cent tevoorschijn: hetzelfde muntje dat Martin hem had gegeven.

Nou vraag ik je, hoe kan een muntje zomaar verdwijnen en dan weer uit iemands oor tevoorschijn komen? Die kerel speelde VALS-VALS-VALS!

En daarna had Giel de Goochelaar het lef om de jarige te vragen of hij papiergeld had gekregen voor zijn verjaardag. Ghassan kwam naar voren en gaf de tovenaar een gloednieuw biljet van vijf euro. Hij vouwde dat helemaal op, pakte een schaar en knipte het in kleine stukjes! Zoiets grofs had ik nog nooit gezien! Zelfs Rikker zou zoiets nooit doen. Ghassans ogen spatten bijna uit hun kassen toen Giel de Goochelaar de stukjes van het biljet in zijn vuist stopte en met zijn toverstaf zwaaide. Er gebeurde niets.

'Ik ben vergeten de toverspreuk te zeggen!' riep hij. 'Ienemienemoeien, jij zult geld zien groeien!' En toen hij dit keer zijn vuist opende was het biljet terug, helemaal heel.

Gelukkig maar, want ik denk dat Ghassan anders behoorlijk kwaad zou zijn geweest!

Giel de Goochelaar vroeg Aysel en Sara of ze naar voren

wilden komen om hem te helpen met een kunstje waarbij hij een touw in stukken knipte, wat hocus pocus deed en het touw weer heel liet verschijnen.

En Joris hielp hem een glas water te laten verdwijnen onder een zakdoek. Echt waar, een heel glas water.

Ik zou die man nooit thuis uitnodigen voor het eten, dat kan ik je wel vertellen.

Ten slotte kondigde hij het Grote Moment aan! 'Dames en heren, op dit moment in het optreden tover ik meestal een konijn uit mijn hoed tevoorschijn. Maar vandaag is mijn konijn in staking. En dus moet ik voor deze verbazingwekkende truc even jullie hamster lenen.'

Het kostte me een paar seconden om te beseffen dat die hamster niemand minder dan – slik! – ikzelf was! Ghassan liep naar mijn kooi en pakte me voorzichtig op, in zijn beide handen.

'Niet bang zijn, Bertje. Het is maar een truc,' fluisterde hij.

Dat wist ik, maar ik wilde niet in stukjes worden geknipt of zomaar verdwijnen. Geen wonder dat dat konijn in staking was!

'Omdat Bertje al hier is, kan ik hem niet uit mijn hoed toveren. In plaats daarvan laat ik hem dus in mijn hoed verdwijnen!'

Giel de Goochelaar zette eerst zijn hoed af en liet iedereen die wilde naar voren komen om die te bekijken.

Iedereen was het erover eens dat het een gewone hoed leek.

Giel pakte me over van Ghassan en stopte me in de hoed. Daarbinnen was het DONKER-DONKER-DONKER en ik moet toegeven dat ik niet van donkere plaatsen houd.

Toen hij me liet vallen, trok hij ergens aan met zijn vinger, en ik viel in een geheim vak in de bovenkant van zijn hoed. Een dubbele bodem sloot zich boven mijn hoofd. Ik zat vast op een donkere, enge plaats.

Ik kon Giel de Goochelaars gedempte stem horen zeggen: 'Abracadabra, Bertje klein. Verdwijn, verdwijn!'

Hola! Die tovenaar keerde die hoed helemaal om. Nu lag ik op mijn rug, en ik voelde me een beetje zeeziek.

'Bertje! Waar ben je?' riep Giel de Goochelaar.

Hij schudde de hoed om te laten zien dat die leeg was. Maar dat was hij niet.

'Oooo,' piepte ik zwakjes terwijl ik op en neer stuiterde, gevangen in die stoffige grot.

Ik denk dat niemand me hoorde, zelfs Giel de Goochelaar niet.

Ik kon kinderen horen die verbaasde geluiden maakten en op hun stoelen heen en weer schoven.

'Waar is Bertje?' hoorde ik Tom vragen.

'Ik weet het niet,' zei Giel de Goochelaar. Hij keerde de hoed nog maar eens om en zette die op zijn hoofd. 'Willen jullie nog andere kunstjes zien?'

'Haal Bertje terug!' zei Ghassan, met een stem die zo hard klonk als die van Tom.

'Welk Bertje?' vroeg de tovenaar. Hij begon aan een ander kunstje. Ik kon niet zien wat hij deed, want ik zat in het pikkedonker.

Nou, als Giel de Goochelaar me niet uit die hoed ging halen, dan zou ik er zelf wel uitkomen.

Als ik mijn ogen toekneep, kon ik een speldenprikje licht boven me zien. Als ik licht kon zien, dan moest daar een opening zijn. Ik kroop door de kleine ruimte en strekte mijn pootjes uit. Ik duwde. En ik krabde. En ik duwde nog een keer. Ik ben dan misschien wel klein, maar voor een hamster ben ik behoorlijk sterk.

Ik hoorde Giel de Goochelaar herhalen: 'Nu zie je hem, en nu zie je hem niet. Onder welk bekertje denk je dat het balletje zit?'

'Haal Bertje terug!' schreeuwden steeds meer stemmen, maar Giel schonk er geen aandacht aan.

Ik zag intussen al meer licht. Door mijn geduw ging de bovenkant van de hoed open. Er zat nu een opening die nauwelijks groot genoeg was om me door te wringen. Ik drukte me omhoog met al mijn kracht en ploepte zo uit de bovenkant van de hoed te voorschijn! Ik kon mijn vriendjes van lokaal 26 zien, en Ghassans familie, en ook Martin Krene, en ze staarden allemaal naar mij.

Giel de Goochelaar bleef rustig doorgaan, hoewel er niemand meer op hem lette.

Ze giechelden, wezen, stootten elkaar aan en knikten. Het giechelen werd gniffelen, hikken, lachen en brullen!

'Nu zie je hem... en nu zie je hem niet.' Giel klonk verward. 'Mensen? Letten jullie nog op?'

Ik hoorde overal mijn naam fluisteren.

Ik stond rechtovereind en iedereen keek naar mij. 'Gegroet, iedereen!' piepte ik zo hard ik kon.

Daar moesten ze hard om lachen. Ik boog.

Het publiek begon mijn naam te roepen. Ze stampten met hun voeten en klapten in hun handen en ze zongen: 'Bert-je! Bert-je! Bert-je!'

'Goed.' De tovenaar klonk heel geïrriteerd. 'Ik zal hem terughalen!'

Hij zette zijn hoed af en daar was ik, oog in oog met Giel de Goochelaar. Hij zag heel bleek. 'Wat doe je? Je hebt mijn optreden bedorven!'

'Nu is het mijn optreden,' piepte ik hem toe.

'De volgende keer breng ik mijn konijn weer mee,' zei hij chagrijnig.

Niemand hoorde hem, want al mijn vrienden waren nog altijd aan het klappen, stampen en zingen.

Kalil liep snel het podium op en zei: 'Laten we Giel de Goochelaar een mooi applaus geven!'

Giel zwaaide met zijn toverhoed – die nu een gat in de bovenkant had – en rende zo snel hij kon Ghassans kelder uit.

Het publiek klapte en juichte. Ik wist dat ze juichten voor mij.

'Een vriend is een cadeau dat je jezelf geeft.'
Robert Louis Stevenson, Schots romanschrijver en dichter

Stank voor dank

Op maandag hadden mijn klasgenoten het nog steeds over het feest. Zelfs juf Delft moest gniffelen toen Ghassan haar vertelde over mijn glorieuze verschijning.

Maar er was nog iets anders waarover gepraat werd. Rikkers verrassing.

Dirk Delft had een echt zwembad gemaakt voor Rikker! In plaats van een kom met water stond er nu een heel stuk van de glazen bak vol water, terwijl de rest was opgebouwd rond prachtige groene planten.

Het was een fantastische verrassing en ik voelde maar een klein steekje groenogige jaloezie. Toen viel me op dat

Rikkers glimlach nu meer op een echte glimlach begon te lijken. Ik denk dat we allebei een goed weekend hadden gehad.

Nadat iedereen het zwembad had bewonderd, ging juf Delft aan het werk. 'Ons poëziefestival is over minder dan twee weken. We moeten nu onze keuze maken, de gedichten uit ons hoofd leren, de tekeningen afmaken en onze Valentijnsbrievenbussen maken.'

Vanaf dat moment gonsde de klas van activiteit. Sommige leerlingen trokken zich in de vestiaire terug om hun gedichten uit het hoofd te leren. Andere maakten tekeningen voor het mededelingenbord en weer een andere groep maakte met lijm, glitter, verf, kleurpotloden, knopen, kant en stickers de Valentijnsbrievenbussen.

Maak je geen zorgen, juf Delft vergat niet om ons rekenen, natuurkunde, aardrijkskunde, taal en spellen te leren. (Geloof me maar, dat zou ze nooit doen.) Maar tussendoor werkten mijn klasgenoten als gekken op hun poëzie en Valentijnskaarten. Onze klassenmoeders, mevrouw Ter Muren en mevrouw Verhaft, kwamen twee dagen helpen.

's Avonds waren Rikker en ik alleen in lokaal 26. Terwijl ik hem zag zwemmen en duiken in zijn nieuwe zwembad, vroeg ik me af wat hij in het weekend in het huis van de Delfts had gedaan. Hij kon nu een hoop meer lawaai maken. Elke avond werd ik iets geïrriteerder, tot ik me op een nacht realiseerde waarom. Daar zaten we, naast elkaar, maar ik voelde me nog steeds eenzaam. We hadden wat geluiden uitgewisseld en hij had me een keer geholpen, maar ik wist nog altijd niet zeker of we vrienden waren.

Het was tijd om dat uit te zoeken. Ik opende het slot-dat-niet-sluit. Ik verzamelde alle moed die ik had, liep naar zijn glazen huis en zei: 'Hallo, Rikker.'

Rikker keerde zich direct naar mij toe. Ik moet toegeven dat mijn hamsterhartje even stokte. Zou hij weer op me afspringen?

'Hoor eens, Rikker. Misschien ben ik niet echt een goede vriend voor je geweest, Rikker. Misschien ben ik zelfs een beetje jaloers geweest. Maar ik zou het graag opnieuw proberen.'

Dit keer sprong hij niet op me af, maar sprong hij in het water met een enorme PLONS! Het water spatte naar boven in zijn bak, door het deksel, en op mijn mooie droge vacht. En als er iets is waar hamsters een hekel aan hebben, dan is het een natte vacht. Mijn normaal zo plui- zige, gouden vacht was nat en kledderig en dof. Als Rikker aandacht zocht, dan kon hij die krijgen.

'Dankjewel, Rikker,' piepte ik. 'Ik wil je even laten weten dat ik duizenden vrienden heb, dus het kan me eigenlijk helemaal niets schelen of jij mijn vriend bent of niet. Mocht je nog denken dat je mijn vriend kunt wor- den, vergeet het dan maar!'

Rikker staarde naar me met zijn oude, bekende glim- lach.

'En weet je nog, die keer dat je op me af bent gesprongen?' ging ik verder. 'Ik was nog niet eens bang.'

Ik wilde geen risico's nemen, dus ik rende terug naar mijn kooi. Ik had hem eindelijk eens de waarheid verteld, maar ik voelde me niet beter.

***

Donderdag was het buiten de donkerste dag die ik ooit gezien heb. Maar in lokaal 26 waren de leerlingen verre van droevig. Vera en Nanda waren weer vriendinnen. Tabitha kon het goed vinden met Steven, Aysel, Miranda – met iedereen! En met de gedichten ging het ook heel goed.

Niemand, behalve ik, leek het op te vallen dat het buiten GRIJS-GRIJS-GRIJS was. 's Middags begon het te sneeuwen. Ik sprong in mijn rad en keek naar de watjes bevroren water die naar de grond zweefden.

Dat klonk zo goed, dat ik het in mijn opschrijfboekje schreef. 'Watjes bevroren water'. Die woorden zouden op een dag wel eens een gedicht kunnen worden.

De sneeuw bleef maar vallen nadat de les was afgelopen. Het was prachtig hoe al die watjes uit de lucht kwamen vallen. Na een tijdje werden de watjes bevroren water een dikke witte deken.

Het was zo stil dat je zelfs een kikker zou hebben kunnen horen boeren. Niet dat Rikker ooit boerde. Hij was net zo stil als de sneeuwvlokken.

Ik begreep pas dat er iets grondig fout was toen Kalil die avond niet kwam schoonmaken. Er stonden geen auto's op het parkeerterrein en maar één auto in de hele straat. Die leek meer op een enorme sneeuwbal dan op een auto.

Ik telde de uren tot het ochtend zou worden. De sneeuw bleef maar vallen tot de wielen van de geparkeerde auto er helemaal onder stonden. Het sneeuwtapijt was prachtig, maar van die stilte stond mijn vacht overeind. Ik miste de harde stem van Tom, Sara's geklaag en Nanda's gegiechel.

Toen vrijdag de bel ging voor het begin van de schooldag gebeurde er iets vreemds. Er kwam niemand. Juf Delft niet, Walter niet, Miranda niet, niemand. Er stonden geen auto's op het parkeerterrein, en er kwamen geen bussen aan.

De sneeuw leek nog niet te willen ophouden. Ik zat ingesneeuwd met Rikker de Kikker!

'Een leven zonder vrienden is een leven zonder zon.'

Frans spreekwoord

Geeuw, geeuw, nog meer sneeuw

Het was griezelig om de bel voor de ochtendpauze, de lunchpauze en de middagpauze te horen zonder dat er iemand in de school was behalve Rikker en ik.

Ik kreeg rillingen als ik naar buiten keek, naar de sneeuw. Binnen daalde de temperatuur ook. Wat had Kalil ook weer verteld over de verwarming die 's avonds omlaag moest om stroom te sparen? Ik kreeg het nog kouder toen ik besefte dat er niemand in de buurt was om de verwarming weer aan te zetten.

Gelukkig had ik mijn bontmanteltje, mijn slaaphok en een lekkere berg houtwol waar ik in kon kruipen om me warm te houden. Rikker moest het doen met vier glazen wanden, wat groen en een onverwarmd zwembad.

Ik doezelde weg voor een groot deel van de dag en knabbelde aan de voedselvoorraad die ik had verstopt in mijn slaaphok. Wij hamsters zijn zo verstandig om voedsel te sparen voor noodgevallen. Maar mijn voedselbakje was leeg en ik had steeds minder water.

Tussen mijn dutjes keek ik uit het raam. Er reden nog altijd geen auto's op straat. Ik kon zelfs niet meer zien waar de straat ophield en waar het trottoir begon. Alles lag onder een dik pak witte sneeuw.

Rikker hield zich het meest van de tijd stil en de krekels zwegen ook. Ik vond het SAAI-SAAI-SAAI, helemaal alleen in de klas. Ik miste zelfs de rekenles! Ik sprong maar weer in mijn rad voor wat lichaamsbeweging. Daar kreeg ik het warm van, maar ik kreeg er ook honger van. Toen ik weer eens naar mijn voedselvoorraad keek, bleek ik alleen nog een slappe tomatenstengel over te hebben!

Ten slotte ging de bel voor het einde van de schooldag. Ik vroeg me af wat mijn klasgenootjes deden. Tom keek waarschijnlijk tv met zijn gezin. Walter en Andy zouden wel videospelletjes doen. Ik nam aan dat Miranda lekker tegen Wodan was aangekropen. (Zou ze geen last hebben van zijn slechte adem?) Aysel hielp vast haar moeder om voor haar kleine broertje te zorgen. En juf Delft was waarschijnlijk in haar warme keuken bezig, terwijl meneer Delft een vogelhuisje maakte.

Ze zaten allemaal warm en gezellig, ze hadden allemaal genoeg te eten! Ze maakten zich zeker geen zorgen over mij. Of over Rikker.

Ik hielp mezelf niets verder door hierover na te denken. Ik besloot aan mijn gedicht te werken. Wat rijmt er op 'sneeuwen'. Geeuwen!

Ik pakte mijn opschrijfboekje en mijn potlood uit hun verstopplaats achter mijn spiegel en groef me in in mijn berg houtwol om me warm te houden.

Meteen viel ik in slaap. Het was al nacht toen ik wakker werd.

'Zeg, Rikker, denk je dat Kalil vanavond komt?' vroeg ik mijn buurman.

Rikker gaf geen antwoord. Kalil kwam niet. Het bleef sneeuwen.

Rond middernacht hoorde ik een vreemd zoemend geluid en ik keek uit het raam. Een grote machine, veel groter dan een auto, kroop de straat over als een enorme gele slak, met bovenop een ronddraaiende oranje lamp. Hij reed heel langzaam vooruit, en verdween toen.

Drie uur later kwam hij terug van de andere kant en verdween weer.

'Heb je dat gezien, Rikker?' piepte ik hard.

Hij negeerde me straal, en ik kon hem geen ongelijk geven. Ik had vreselijke dingen tegen hem gezegd, dingen die hij waarschijnlijk begrepen had. Ik voelde me schuldig en daar kreeg ik het nog kouder van.

'Rikker, ik bedoelde het niet zo toen ik zei dat het me niet kon schelen of je mijn vriend bent,' riep ik vanuit mijn kooi. 'Ik vergeef je voor het natspetteren als jij mij vergeeft dat ik die nare dingen heb gezegd, goed?

'Poing?' Ik denk dat hij 'goed' bedoelde, maar hij klonk een beetje raar. Misschien had hij honger, net als ik. Toen bedacht ik dat hij niet zo vaak hoeft te eten als ik. Kikkers hebben het maar makkelijk.

***

De volgende ochtend viel er geen sneeuw meer. Maar de grond was nog bedekt en er waren nog steeds nergens mensen of auto's te zien, behalve dan die geparkeerde sneeuwbal – ik bedoel, auto.

Zelfs al had het niet gesneeuwd, dan zou er nog niemand naar school zijn gekomen, want het was zaterdag. Een week geleden was ik de ster geweest in het optreden van Giel de Goochelaar. Nu was ik alleen (bijna), KOUD-KOUD-KOUD, hongerig en vergeten.

Mijn hele leven was er wel een mens geweest die me eten en water had gebracht en mijn kooi had schoongemaakt. Ik werd verzorgd. Ik had nooit voor mezelf moeten zorgen. Maar ik was een slimme, vindingrijke hamster. Nu was het tijd om voor mezelf te zorgen zoals mijn wilde hamstervoorouders, die in de bossen leefden tussen bergen bladeren en dennenappels. En alle vruchten en noten die ze konden vinden.

De honger moet mijn hersenen beneveld hebben, want tot dat moment was het niet bij me opgekomen dat mijn hamstervoedsel gewoon op mijn tafel stond. Lekkere dingen zoals hooi, meelwormen, granen en vitaminedruppels. Ik hoefde me maar te bedienen.

Ik opende het slot-dat-niet-sluit en liep mijn kooi uit.

'Rikker, is alles goed met je?' riep ik.

'Poing,' antwoordde hij zwakjes. Voor hem was het ook even geleden dat hij gegeten had. Ik herinnerde me dat juf Delft had verteld hoe belangrijk het was dat kikkers vers water krijgen.

'Ik pak wat te eten,' legde ik uit. 'Misschien kan ik een paar meelwormen voor je vinden. Ik denk niet dat ik bij het krekelkastje kan komen.' Die krekels boften maar.

'Poing.' Rikker klonk dit keer nog zwakker. En hij leek minder groen dan gewoonlijk. Voor een kikker is dat geen goed teken.

Ik rende over het tafelblad, nog zwak van de honger. En daar stonden ze: een grote zak Hamsterknabbels, een hogere zak met hamsterhoutwol en een grote pot Machtige Meelwormen. Lekker! Om van de tafel bij de bovenkant van die zakken te komen was voor een kleine hamster natuurlijk een groot probleem. Als ik bijvoorbeeld in de zak Hamsterknabbels kon klimmen, dan liep ik groot ge-

162

vaar in de zak te vallen en er niet meer uit te kunnen. En hoeveel ik ook van Hamsterknabbels houd, ik wil er niet tussen verstikt raken.

Nee, de enige zinnige oplossing was bruut geweld. Ik besloot dat ik tegen de zak aan moest rennen om hem om te stoten. De knabbels zouden er dan uit rollen en ik kon zoveel eten als ik maar wilde.

Ik haalde diep adem en rende op de zak af, onder het gillen van 'Aanvallen!'

Het ging niet helemaal zoals ik bedoeld had. Ik kwam met al mijn vaart tegen de zak aan, die iets wankelde. Helaas wankelde hij terug naar de andere kant, en viel boven op me!

Ik werd niet verpletterd, maar ik zat vast onder een zak met lekkers. Ik had wat ruimte om me heen en ik kon een zwak licht zien glinsteren. Ik kon ook adem krijgen. Ik kon alleen niet weg.

Wat ik wel kon doen was gillen. 'Help! Ik zit vast!' piepte ik, hoewel de zak het geluid wel zal hebben gedempt.

Ik weet niet zeker waarom ik gilde. 'Help me, alsjeblieft!' klonk waarschijnlijk als 'PIEP-PIEP-PIEP!'

Maar ik piepte toch, en wachtte af.

Wat hoorde ik daar? 'Poing, poing, poing! POING, POING, POING!! POING, POING, POING!!!' Gevolgd door een harde klap!

Ik kon me niet voorstellen hoe Rikker dacht dat al dat lawaai mij kon helpen. Toen hoorde ik een nieuw geluid: flep, flep, flep. En kijk, daar keek Rikker naar me door de lichtspleet.

Die rare kikkerklomp was erin geslaagd om helemaal uit zijn huis te springen, en hij was me komen redden! Hij begon tegen de zak te springen, elke keer harder en harder. De zak verschoof en de ruimte om mij heen werd steeds groter. Ik kroop naar hem toe.

Rikker bleef maar tegen de zak bonken, hij gilde, 'Kreee! Kreee!' Dit was een nieuwe Rikker en een nieuw geluid.

De ruimte werd groter en groter en ik kroop door tot ik mijn poot kon uitsteken en Rikker kon vastpakken. Hoewel ik zwak van de honger en al die inspanning was, kon ik toch Rikkers rug vastpakken toen de zak nog een keer verschoof en plat neerviel. Ik was BLIJ-BLIJ-BLIJ dat ik er niet meer onder zat.

'Kreee!' herhaalde Rikker. Ik trok mezelf op aan Rikkers rug en hij sprong weg van de zak.

Wat was dat spannend! Ik stuiterde heen en weer op zijn rug, als een cowboy op een dolle stier! 'Djie-ha!' gilde ik. 'Vooruit, Rikker! Vooruit, Kikkertje van me!'

Rikker gilde 'Kreee!'

Plotseling ging het licht aan en hoorde ik voetstappen.

'O, nee! Kijk nou toch eens, ze zijn uit hun kooien.'

Dat was juf Delft. 'Ze hebben het voedsel omgegooid. Ze zijn vast uitgehongerd, die arme dieren!'

'Slimme diertjes,' zei meneer Elstak, en hij giechelde. 'Heel intelligent.'

Ik kon die twee nauwelijks herkennen, zo zaten ze ingepakt in dikke jassen en wollen mutsen met brede sjaals die hun gezichten bijna helemaal bedekten.

'Hoe zijn jullie er in vredesnaam uitgekomen?' vroeg juf Delft.

'Misschien heeft iemand Bertjes kooi niet goed dichtgedaan,' zei het schoolhoofd. 'En ik denk dat de kikker uit zijn bak is gesprongen. Kijk, hij heeft het deksel eraf geduwd.'

Dus ik heb een slot-dat-niet-sluit en Rikker heeft een deksel-dat-niet-dekt!

'Geen angst, hier is Kalil!' riep een andere stem.

Een stevig ingepakte Kalil kwam het lokaal binnen. 'Is alles goed met ze? De sneeuwruimer heeft onze straat pas een half uur geleden schoongeveegd. Ik wilde al te voet hierheen komen, maar de radio zei dat het te gevaarlijk was om buiten te komen.'

'Ik weet het,' zei juf Delft. 'Dirk en ik waren gek van bezorgdheid. Als ik geweten had dat het zo zou gaan stormen, dan zou ik ze mee naar huis hebben genomen. En iedereen heeft me gebeld. Alle ouders, Anneke Bryssinckx – iedereen.'

Juf Delft zette me weer in mijn kooi en gaf me een handjevol Hamsterknabbels. Meneer Elstak zette Rikker weer in zijn bak en gaf hem wat kriebelkrekels (jakkes!). Kalil ging voor ons allebei vers water halen.

'Het is hier te koud voor Rikker,' zei meneer Elstak. 'Hij heeft het goed gered, maar ik ga een verwarmingstoestelletje voor hem kopen.

Er kwamen nog meer voetstappen over de vloer. 'We zijn zo snel als we sneeuwvrij waren gekomen!' zei Miranda, die samen met Tanja en Lot kwam aangelopen.

'De meiden hebben zich de hele dag zorgen gemaakt,' zei Tanja.

Ze waren ons toch niet vergeten! Vera's moeder, Walters vader en Aysel en haar vader kwamen ook nog langs, en ze waren allemaal bezorgd om Rikker en mij.

Ik wilde hen allemaal bedanken, maar het is niet beleefd om te spreken met volle mond.

Ze vroegen allemaal of ze ons de rest van het weekend mee naar huis mochten nemen, maar juf Delft was vastberaden. 'Dit keer zal ik eens eerst aan mezelf denken. Ik neem ze mee naar huis. Mijn man zou me nooit vergeven als ik dat niet deed.'

Meneer Elstak zei tegen iedereen dat ze HEEL-HEEL-HEEL voorzichtig moesten zijn bij het naar huis rijden. Hij en Kalil hielpen juf Delft om onze huizen klaar te maken voor de reis.

Eindelijk voelde mijn maag weer vol. 'Rikker?' piepte ik. 'Dank je wel, vriend van me! Betekent dat dat je me vergeven hebt?'

'Poing!' antwoordde hij. En dat is een van de aardigste dingen die een kikker zeggen kan.

'Echte vriendschap bewijst zich in moeilijke tijden; welvaart is vol vrienden.'

Ralph Waldo Emerson, Amerikaans dichter en essayist

Gedichten om voor te zwichten

Dirk Delft stond in de deur op ons te wachten. 'Kom snel naar binnen. Het vriest!' zei hij.

Meneer Elstak hielp juf Delft om onze huizen en de zakken voedsel en nestmateriaal naar binnen te brengen. 'Wie weet hoe lang ze hier moeten blijven?' zei hij.

Juf Delft ging een pot thee zetten, en al snel zat meneer Delft Rikkers bak schoon te maken. Meneer Elstak mag dan de Belangrijkste Persoon van de Boerhaaveschool zijn, maar nu rolde het schoolhoofd zijn mouwen op en maakte mijn kooi schoon. Hij klaagde niet eens over wat er in mijn wc-hoekje lag. (Hij had handschoenen aan en waste achteraf zijn handen.)

'Dat is een goede les voor ons allemaal,' zei juf Delft, die binnenkwam met een blad vol dampende kopjes thee, een bord met koekjes en een paar heerlijke stukjes broccoli en sla voor mij. 'Als je besluit om een huisdier te nemen, dan moet je daar volledig verantwoordelijk voor zijn.'

Meneer Elstak knabbelde aan een koekje. 'Ik denk dat ze verantwoordelijk voor zichzelf zijn geweest. Hoe kunnen zulke kleine diertjes in vredesnaam zo'n zak omver krijgen?'

'Dat vroeg ik me ook af,' zei juf Delft. 'Ik denk dat ze het samen moeten hebben gedaan.'

'Een kikker en een hamster? Daar heb ik nog nooit van gehoord,' zei Dirk. 'Ik wou dat ik die twee had kunnen zien.' Hij glimlachte en schudde zijn hoofd. 'Ik heb altijd geweten dat Bertje een slimme kerel was, maar nu weten we dat er in Rikkers hoofd ook het een en ander omgaat.'

'Poing!' kwaakte Rikker, en hij sprong tegen de zijkant van de glazen bak.

Juf Delft gniffelde. 'Hij voelt zich al een stuk beter. Hij heeft alweer zin in een spelletje.'

Net als meneer Delft wist ik niet wat er in Rikkers hoofd omging, maar ik moest toegeven dat hij schitterende ingevingen had, zoals mij redden. Hij kon zelfs meer geluiden dan 'Poing!' maken. Dat wist niemand behalve ik, en daardoor voelde ik me speciaal. Een speciale vriend.

*****

Die middag scheen de zon en de sneeuwruimers kwamen tevoorschijn. De tuinen lagen nog vol sneeuw, maar de straten waren schoon en de auto's konden weer rijden.

Aan de overkant van de Delfts maakten twee kinderen een sneeuwpop. Ik was blij dat ik veilig in het Delfthuis door doolhoven kon rennen en verstoppertje kon spelen met Dirk, zoals in de goeie ouwe tijd. Rikker keek toe vanuit zijn glazen huis, maar hij had er weinig aan toe te voegen.

*****

Op maandag waren de wegen zoveel beter dat we terug naar school konden. Gelukkig maar, want vrijdag zouden we het poëziefestival houden en er viel nog veel werk te doen.

Sommige leerlingen hadden in het lange weekend hun gedichten uit hun hoofd geleerd of ze geschreven. Maar de meesten niet.

Walter Steendonk had al drie keer een ander gedicht gekozen. Maandag koos hij weer een ander. Juf Delft stuurde hem naar de vestiaire om zijn nieuwe keuze uit het hoofd te leren.

Tot Marks verrassing riep juf Delft zijn hulp in. 'Jij weet de laatste tijd veel beter wanneer je grappig moet zijn en wanneer je je mond moet houden,' zei ze. 'Nu heb ik je nodig. Dat poëziefestival moet niet te ernstig worden. We moeten ook lol hebben. Zou jij de gedichten voor ons kunnen inleiden?'

Marks gezicht begon te stralen. 'Natuurlijk!'

'En zorg dat het grappig wordt,' zei ze tegen hem.

Toen de dinsdag op z'n eind liep hing het mededelingenbord vol met geïllustreerde gedichten die de leerlingen hadden gekopieerd. Langs de rand van het bord hingen uitgeknipte afbeeldingen van beroemde dichters, van Paul Van Ostaijen tot een kerel die Lucebert heette, en de dichter Van Broekhoven, die ooit nog op de Boerhaaveschool heeft gezeten.

Woensdag was het al laat toen mijn klasgenoten hun Valentijnsbrievenbussen af hadden. Ze hadden echt iets schitterends gemaakt van die kale kartonnen dozen! Sommigen hadden ze bedekt met rode hartjes, glitter en stukjes kant. Anderen zaten onder de knopen en de verf. Op de zijkant van die van Walter stond een grote dinosaurus. Op Miranda's brievenbus zaten fotootjes van haar familieleden: haar moeder, haar vader, Lot, Tanja, baby Rob en (ja hoor) Wodan. Op Tabitha's brievenbus zaten plaatjes van basketballen, voetballen en tennisrackets geplakt.

Toen – VERRASSING – gaf Sara Rikker een groene doos, volgeplakt met plaatjes van kikkers en insecten. En Tom gaf mij een doos die was beplakt met goudachtig materiaal dat op bont leek. (Het was geen echt bont, dat heb ik gecontroleerd.)

Hoe leuk het ook was allemaal, ik voelde me TRIEST-TRIEST-TRIEST dat ik zelf wel veel Valentijnskaarten kon ontvangen, maar dat ik nooit voor iedereen in de klas een kaart kon maken. Hoe kon ik hen laten weten dat ik blij was met hun vriendschap?

Ik voelde me nog steeds niet goed toen Kalil woensdagavond kwam. Hij was in een buitengewoon goede stemming.

'Het is een schitterende avond, heren. En ik heb goed nieuws dat ik met jullie wil delen!' kondigde hij aan terwijl hij zijn schoonmaakkarretje naar binnen reed.

'Ik kan wel wat goed nieuws gebruiken, Kalil!' piepte ik terug.

'Poing!' zei Rikker.

Kalil zette zijn karretje naast mijn kooi. In plaats van zijn lunch tevoorschijn te halen (of iets lekkers voor mij), pakte hij een vel papier.

'Kijk eens, mijn eerste cijfer op de universiteit. Een tentamen psychologie.' (Ik vroeg me af of hij in de klas zat bij Nadia de babysit.)

'En mijn cijfer, zoals jullie duidelijk kunnen zien...'

Kalil hield het papier vlak bij mijn kooi. 'Is een negen! Kun je dat geloven, vriendje van me?'

'Drie hoeraatjes voor Kalil!' piepte ik en ik sprong in mijn rad voor een vreugderondje.

'Ik heb het nog niet aan Maria laten zien. Het is mijn Valentijnscadeau voor haar. Samen met wat bloemen en iets lekkers, natuurlijk. Ik denk dat mijn cijfer haar lievelingscadeau wordt.' Kalil leunde achterover en glimlachte tevreden.

Rikker sprong met een grote plons in zijn zwembad. Ik denk dat er wat water op Kalil kwam, maar hij leek het niet erg te vinden.

'Spetter maar raak, vriend Rikker,' zei Kalil. 'Dat maakt een blij geluid.'

Spetterde Rikker omdat hij blij was? Ik had nooit veel over dat spetteren nagedacht, ik had het alleen irritant gevonden!

Kalil grijnsde van oor tot oor, bijna als een kikker. 'Voor jullie staat een gelukkig man. Je kunt op de hele wereld niets beters hebben dan iemand met wie je goed nieuws kunt delen – of zelfs slecht nieuws. Want zie je, Maria is mijn vrouw, maar ook mijn beste vriendin.'

Ik hield op met rennen want ik voelde me een beetje duizelig. Ik had dit jaar het een en ander geleerd over vriendschap door mijn klasgenoten in lokaal 26 te observeren. Je had vrienden die erg kwaad op elkaar werden maar het daarna weer goedmaakten. Je had vrienden die door dik en dun bij elkaar bleven. Je had vrienden die zich om je bekommerden, zelfs al wist je niet eens dat ze je vriend waren.

Je had vrienden die je zelfs zouden redden als je in de problemen verkeerde. Je had nieuwe vrienden, oude vrienden, zilveren en gouden vrienden.

Later die avond had ik SPIJT-SPIJT-SPIJT dat ik er ooit aan had getwijfeld dat Rikker mijn vriend was. Ik had niet begrepen dat een kikker soms jaloers is en soms spetterblij. Maar hij had zich om me bekommerd toen ik hulp nodig had. Dus hoe moet je een kikker bedanken?

Ik besloot een gedicht te schrijven. Niet zo'n 'rozen zijn rood, en kikkers zijn groen'-gedicht, maar een gedicht dat vertelde wat ik echt voelde.

Ik haalde mijn opschrijfboekje tevoorschijn en begon te schrijven.

***

De volgende dag was iedereen bezig met repeteren voor het poëziefestival en het opruimen van het lokaal. (Tjonge, wat maken sommige kinderen een rommel van hun bank.) Ik lette niet erg op. Ik zat in mijn slaaphok, en schreef op wat mijn hamsterhart me ingaf.

Vrijdag was het Valentijnsdag en iedereen was opgewonden. 's Morgens 'verstuurden' de leerlingen hun Valentijnskaarten via een grote doos op het bureau van juf Delft. Tijdens de pauze zocht de juf alle kaarten uit en leverde ze af. Ze neuriede een blij liedje terwijl ze ze in de dozen stopte.

Na de pauze maakten de leerlingen hun kaarten open. Er werd heel wat afgegiecheld en ook veel gekraakt, want juf Delft had suikeren hartjes in alle dozen gegooid.

Ineens riep Tom: 'Hé, kijk hier eens!' Daarmee had hij ieders aandacht. 'Ik heb een kaart gekregen van Martin Krene!'

Steven kreunde luid.

'Nee, luister. Hij zegt dat het hem spijt,' legde Tom uit.

'Ik heb er ook een gekregen!' zei Walter.

Miranda en Vera hadden ook 'Het spijt me'-kaarten van Martin gekregen.

'Maar hij is zo gemeen,' zei Sara.

'Mensen kunnen veranderen,' zei juf Delft. 'Ik denk dat het voor Martin heel moeilijk moet zijn geweest om die kaarten te schrijven en ze mij te geven om ze af te leveren. Misschien is het tijd om hem een tweede kans te geven.'

Nou, Gemene Krene een tweede kans geven zou niet makkelijk zijn. Maar ik herinnerde me van het verjaardagsfeestje dat hij, toen hij eenmaal een duwtje in de rug had gehad, eigenlijk heel goed was geweest in het uitdelen van de prijzen. Misschien hadden Kalils woorden hem wel goedgedaan. Geen wonder dat die een negen voor psychologie had.

'Ik geef hem een tweede kans,' riep ik. Natuurlijk kwam er alleen maar 'Piep-piep-piep' uit.

'Ik ben je niet vergeten, Bertje,' zei juf Delft. Ze kwam naar Rikker en mij toe om ons te helpen met onze brievenbussen. We hadden kaarten gekregen van alle leerlingen in de klas. Ze waren allemaal heel bijzonder, maar die ik me het best herinner kwam van Miranda.

'Hamster' mag dan nergens op rijmen,
in mijn hart, Bertje, draag ik je altijd bij me!

Ze had eindelijk een manier gevonden om een gedicht te schrijven met het woord 'hamster' erin!

Ik had één kaart meer dan Rikker in mijn brievenbus. Die kwam uit Brazilië. Ja, juf Dop had aan me gedacht met een heel klein kaartje, waarop stond: 'Bertje, je zult altijd een bijzondere vriend van me zijn. Liefs, juf Dop.'

Ze had ook een brief gestuurd aan de hele klas, met de groeten van haar leerlingen in Brazilië.

Hoe fijn het ook was om al die kaarten te ontvangen, ik hield de hele morgen de klok in de gaten, want ik moest een speciale opdracht vervullen tijdens de lunchpauze.

Het werk van een hamster is nooit af.

Eindelijk ging de bel en de leerlingen vertrokken, en dat

was goed. Juf Delft bleef achter, en dat was slecht. Ze zette de stoelen in een grote halve cirkel. Ze raapte stukjes papier van de vloer en zette een paar banken recht. Ging die vrouw dan nooit eten?

Ten slotte keek ze naar de klok, pakte haar lunchzakje en rende het lokaal uit. Ik had niet veel tijd, dus ik scheurde een bladzijde uit mijn opschrijfboekje, wrikte aan het slot-dat-niet-sluit, deed het deurtje open en gleed langs de tafelpoot naar beneden.

Rikker begon te poingen van de schrik, maar ik had geen tijd om het uit te leggen.

Zo snel als mijn pootjes mij konden dragen rende ik de vloer over, naar het bureau van juf Delft. Toen ik daar aankwam, kreeg ik een nare verrassing. Ik was van plan om op haar stoel te klimmen en vandaar een enorme sprong naar het bureau te nemen. Dat was gevaarlijk en riskant, maar soms moet je risico's nemen. Maar de juf had alles verpest door haar stoel VER-VER-VER van haar bureau weg te schuiven, in de cirkel bij de andere stoelen.

Erger nog, haar bureau had geen poten waar ik tegenop kon klimmen. Het was één massief blok hout.

Mijn grote plan was verpest!

De klok tikte verder. Mijn enige kans was het vel papier op de vloer bij haar bureau neer te leggen en terug te rennen naar de tafel. Ik greep het koord dat van de jaloezieën omlaag hing en slingerde heen en weer tot ik bij het tafelblad kwam. Ik nam nog één sprong, en rende terug naar mijn kooi, waarbij ik het deurtje achter me dichttrok.

'Poing-poing-poing!' kwaakte Rikker.

'Je zult het snel begrijpen,' zei ik tegen hem. 'Dat hoop ik tenminste.'

***

Na de middagpauze kwam juf Delft terug in het lokaal, gevolgd door haar leerlingen. De klassenmoeders kwamen met fruitsap en koekjes. Daarna kwamen de ouders binnen. Iedereen had het zo druk met elkaar gedag zeggen en de versieringen te bewonderen dat ik juf Delft uit het oog verloor.

Maar ik kon haar wel horen. 'Dames en heren, als u zo vriendelijk wilt zijn te gaan zitten, dan kunnen we beginnen met ons poëziefestival.' Ze vertelde over wat we hadden geleerd en over al het harde werk dat we hadden verricht. Toen gaf ze het feest in handen van Mark Chang.

Mark was in vorm. Hij leidde elke leerling in met een kort gedichtje. De rijmwoorden waren grappig, maar hij beledigde niemand. Toen het bijvoorbeeld Vera's beurt was, zei Mark: 'Hier is onze Vera, het begin van een nieuwe era!'

Hij leidde Tabitha in door te zeggen: 'Tabitha is nieuw

hier, maar wat kan die mooi schrijven. We hopen dat ze nog lang bij ons zal blijven.'

En voor Toms gedicht zei hij: 'Toms dichtlust kent bijkans geen rem. Dus schrik niet van zijn harde stem.'

(En Tom zette inderdaad weer een keel op.)

***

Ik was zo TROTS-TROTS-TROTS op mijn klasgenoten toen ze één voor één vooraan gingen staan en hun gedichten oplazen. Vera las het kikkergedicht dat ze geschreven had voor. In plaats van haar gedichtje over Lachebekje deed Tabitha een grappig versje over Kees de basketballer. Aysel las haar duivengedicht voor. Opletten-Joris raakte zijn tekst kwijt, maar hij begon opnieuw en kwam toen wel tot het einde. Als iemand iets vergat, dan fluisterde juf Delft het voor zonder dat iemand het leek te merken.

De ouders klapten enthousiast voor elk van de gedichten. En ik ook!

Toen zonk me het hart in de pootjes, want juf Delft zei: 'Dat is het einde van het poëziefestival van dit jaar. Ik hoop dat u allemaal blijft voor de versnaperingen.'

Mijn plan was volledig mislukt! Ik keek naar Rikker. Hij lachte nog steeds, maar hij wist niet wat ik van plan was geweest.

Maar juf Delft praatte nog even door. 'Ik heb nog één gedicht dat ik met u wil delen. Ik heb het op de vloer gevonden toen ik binnenkwam. Ik denk dat dit de gevoelens uitdrukt die de kinderen in dit lokaal voor elkaar hebben. Het is maar kort, en de lettertjes zijn heel klein, maar ik ga proberen het voor te lezen.

Wie je vriend is kun je niet meten
Je hart moet het weten.

Soms is een vriend groen of zelfs kaal
Geeft niets allemaal.

Je kunt niets eisen van een vriend
Dan dat hij je aardig vindt.

Een vriend hoeft niet te kunnen praten
Om zich hoorbaar te maken.

Een vriend te zijn is heus niet zo moeilijk
Uiteindelijk.

Het was stil in het lokaal, tot Vera's moeder begon te klappen en iedereen meedeed.

'Onderaan staan wat krabbelige kriebeltjes. Ik kan de naam niet lezen,' zei juf Delft. 'Wil de leerling die dit heeft geschreven opstaan en zich identificeren?'

Ik stond al. En ik piepte zo hard ik kon: 'Ik heb het geschreven! Ik heb het geschreven voor Rikker! Het is mijn Valentijnskaart aan hem.'

'Het klinkt alsof Bertje weet wie het heeft geschreven,' zei meneer Goud voor de grap, en iedereen moest lachen. Iedereen, behalve Rikker.

'Poing-poing!!' riep hij, en hij sprong op en neer. Ik had hem eindelijk duidelijk kunnen maken wat ik bedoelde. En nu wist ik ook precies wat hij zei.

'Graag gedaan, Rikker,' antwoordde ik. 'Graag gedaan, grijnzende, groene, klompige, klunzige, puilogige, krekel etende vriend van me. Heel graag gedaan.'

Later die avond keek ik naar Rikker toen hij in zijn zwembad dook met een enorme plons! Hij zag er net zo uit als altijd, maar toch was alles anders. Wat ooit een loenzende grijns was geweest, was nu een vriendelijke glimlach. Het spetteren waar ik me zo aan had geërgerd vond ik nu fijn om te horen, want ik wist dat Rikker BLIJ-BLIJ-BLIJ was. En die sprong die me ooit zo bang had gemaakt betekende dat Rikker een spelletje wilde spelen.

Soms zijn mensen moeilijk te begrijpen, vooral als ze gemeen doen, zoals Martin Krene, of rottig, zoals Lot. Maar met een beetje geduld (en een beetje psychologie) kun je meestal wel ontdekken wat er in ze omgaat.

Zo is het ook met kikkers. En zelfs met hamsters.

Ik heb een paar fouten gemaakt, maar het is me toch

gelukt om mijn oude vrienden in lokaal 26 te houden en zelfs een nieuwe vriend te krijgen.

En mijn hart deed 'Poing!' toen ik dacht aan mijn zilverblinkende nieuwe vriend.

Mijn vriend Rikker.

'Waarop kan een mens trots zijn, als hij niet trots is op zijn vrienden?'

Robert Louis Stevenson, Schots romanschrijver en dichter

Bertjes gids
voor het
verzorgen en voeren van vrienden

1. Als je rottig doet en mensen pest, dan krijg je geen vrienden. Vast en zeker niet.

2. Als je het tegenovergestelde doet, en je vriendelijk bent tegen mensen, dan krijg je vrienden. Het kan even duren, maar je krijgt vrienden.

3. Als je rottig doet tegen je vrienden en ze worden boos, maar je hebt toch HEEL-HEEL-HEEL veel spijt en dat laat je je vrienden weten, dan zullen ze je waarschijnlijk wel vergeven.

4. Doe het alleen niet te vaak. (Zie regel 1.)

5. Je beste vriend kan een familielid, zoals een stiefzuster, zijn, of zelfs je vrouw.

6. Mensen denken niet altijd dat het kan, maar jongens en meiden kunnen wel vrienden zijn.

7. Soms wil je vriendschap met iemand, maar wil die iemand (of die kikker) geen vriendschap met jou. Dat lijkt TRIEST-TRIEST-TRIEST, maar dat is het niet, want er zijn andere mensen die juist graag je vrienden willen zijn. Blijf zoeken – geef het niet op!

8. Een vriend is iemand bij wie je graag bent, zonder dat je hoeft te praten. Of te piepen.

9. Vriendschap heeft haar eigen taal. Zelfs als je de woorden die je vriend zegt niet kunt verstaan, dan kun je toch begrijpen wat hij bedoelt.

10. Je weet soms niet eens dat iemand je vriend is tot hij in de problemen zit en je merkt dat je je dat aantrekt.

P.S. Tegucigalpa is de hoofdstad van Honduras, een land in Centraal-Amerika. Zoek maar op op de kaart!